オペラ対訳
ライブラリー

VERDI
La
Traviata

ヴェルディ

椿　姫

坂本鉄男=訳

音楽之友社

本シリーズは、従来のオペラ台本対訳と異なり、台詞を数行単位でブロック分けして対訳を進める方式を採用しています。これは、オペラを聴きながら原文と訳文を同時に追える便宜を優先したためです。そのため、訳文には、構文上若干の問題が生じている場合もありますが、ご了承くださるようお願いいたします。

ヴェルディ《椿姫》目次

あらすじ　5

対訳
第1幕　ATTO PRIMO　13
　（招待の）時間はとっくに過ぎていますよ
　　Dell'invito trascorsa è già l'ora（合唱Ⅰ）・・・・・・・・・・・・・・・・・・・・・・14
　酒を味わおうではないか、楽しい酒杯で
　　Libiam ne' lieti calici〔乾杯の歌〕（アルフレード）・・・・・・・・・・・・・・21
　あれは何だろう？　Che è ciò?（一同）・・・・・・・・・・・・・・・・・・・・・・・・・・24
　ある日、幸福に満ちた幻のような貴女が
　　Un dì, felice, eterea（アルフレード）・・・・・・・・・・・・・・・・・・・・・・・・・・28
　空では曙が再び目を覚まし　Si ridesta in ciel l'aurora（一同）・・・・・・・32
　おかしいわ！… おかしいわ！…　È strano!... è strano!...
　　／ああ、たぶん彼（の姿）だったのよ　Ah, fors'è lui
　　〔ああ、そはかの人か〕（ヴィオレッタ）・・・・・・・・・・・・・・・・・・・・・・33
　馬鹿げた考え！… 馬鹿げた考えだわ　Follie!... follie...
　　／私はいつも自由で　Sempre libera〔花から花へ〕（ヴィオレッタ）・・・・・35

第2幕　ATTO SECONDO　37
　彼女と離れていると　Lunge da lei（アルフレード）・・・・・・・・・・・・・・・38
　僕の滾る魂の　De' miei bollenti spiriti〔燃える心を〕（アルフレード）・・・・40
　おお、心が痛む！　おお、なんたる恥辱だろう！
　　O mio rimorso! O infamia!（アルフレード）・・・・・・・・・・・・・・・・・・42
　ヴァレリー嬢で？　Madamigella Valery?（ジェルモン）・・・・・・・・・・44
　神は天使のように清らかな娘を　Pura siccome un angelo（ジェルモン）・・48
　貴女は（今はまだ）美しくてお若い
　　Bella voi siete e giovane（ジェルモン）・・・・・・・・・・・・・・・・・・・・・・51
　おっしゃってください、非常に美しく清らかなお嬢様に
　　Dite alla giovine - sì bella e pura（ヴィオレッタ）・・・・・・・・・・・・・・53
　私は死にます！… 私の思い出を
　　Morrò!... la mia memoria（ヴィオレッタ）・・・・・・・・・・・・・・・・・・・・55
　おお、神よ、私に力を与えたまえ！
　　Dammi tu forza, o cielo!（ヴィオレッタ）・・・・・・・・・・・・・・・・・・・・・57

ああ、あの心はただ生きているのだ、私の愛のために！
 Ah, vive sol quel core all'amor mio!（アルフレード）・・・・・・・・・・・・・・・・・・・・・60
プロヴァンスの海と大地を Di Provenza il mar, il suol（ジェルモン）・・・63
それで、お前は父親の愛情に応えようとしないのか？
 Né rispondi d'un padre all'affetto?（ジェルモン）・・・・・・・・・・・・・・・・・・・・・・・64
今夜は、仮装の楽しい夜になりますわ
 Avrem lieta di maschere la notte（フローラ）・・・・・・・・・・・・・・・・・・・・・・・・・・67
私たちはジプシーの娘で Noi siamo zingarelle（ジプシーの女たち）・・・・・68
我々はマドリードのマタドールたち
 Di Madride noi siam mattadori（ガストーネとマタドールたち）・・・・・・・・・・・70
アルフレードだ！… 君は！… Alfredo!... Voi!...（一同）・・・・・・・・・・・・・・・・・・74
あらゆる持ち物を、あの女は
 Ogni suo aver tal femmina（アルフレード）・・・・・・・・・・・・・・・・・・・・・・・・・・・・・83
自分を軽蔑に値させるのだ
 Di sprezzo degno se stesso rende（ジェルモン）・・・・・・・・・・・・・・・・・・・・・・・・85

第3幕 ATTO TERZO 89

アンニーナは？ Annina?（ヴィオレッタ）
 ／ご用でございますか？ Comandate?（アンニーナ）・・・・・・・・・・・・・・90
貴女は約束を守られた… Teneste la promessa...
 〔ジェルモンからの手紙〕（ヴィオレッタ）・・・・・・・・・・・・・・・・・・・・・・・・・・・・・・・・95
さようなら、過ぎし日々の美しく楽しい夢よ
 Addio, del passato bei sogni ridenti（ヴィオレッタ）・・・・・・・・・・・・・・・・・・・・・96
道を開けろ、四つ脚さまに
 Largo al quadrupede（仮装した人々の合唱）・・・・・・・・・・・・・・・・・・・・・・・・・・・97
奥様！ Signora!（アンニーナ）
 ／貴女、何が起こったの？ Che t'accade?（ヴィオレッタ）・・・・・・・・・98
パリを、おおわが愛する人よ、離れましょう Parigi, o cara(caro),
 noi lasceremo〔パリを離れて〕（ヴィレッタとアルフレード）・・・・・・・・・・・・101
おお、神様！ こんなに若くて死ぬとは
 Gran Dio! morir sì giovane（ヴィオレッタ）・・・・・・・・・・・・・・・・・・・・・・・・・・104
ああ、ヴィオレッタ！ Ah, Violetta!（ジェルモン）／貴方様で！
 Voi, Signor!（ヴィオレッタ）／父上！ Mio padre!（アルフレード）・・・・106

訳者あとがき 113

あらすじ

〔**舞台および時代背景**〕このオペラが繰り広げられる舞台は、1850年頃のパリとその郊外で、物語は、その年の8月から翌年の2月というわずか半年ほどの間に繰り広げられる。内容は、当時、パリの上流社会で超大金持ちの遊蕩児（これには年配の富裕な貴族も含まれているのだが）だけを相手としていた、若い稀に見る美人の高級娼婦ヴィオレッタ・ヴァレリーと、パリに滞在している南仏プロヴァンス地方の旧家の息子アルフレード・ジェルモンとの悲しい純愛物語である。第1幕は、夏。舞台はパリのヴィオレッタの豪華なマンション。第2幕は、第1幕から約五か月が経った翌年の1月。舞台は前半と後半に分かれている。前半の舞台は、パリを引き払い、三か月前に、パリからさほど遠くない田舎に引きこもって暮らしはじめた二人の愛の住処。後半の舞台は、お金持ちのドビニー侯爵をパトロンに持つヴィオレッタの友達フローラの贅を尽くした広壮なマンション。第3幕は、第2幕から一か月後の2月の謝肉祭の時期で、舞台は、今やほとんどお金を使い果したヴィオレッタのうらぶれたマンションの寝室である。

第1幕 パリ。ヴィオレッタの家の、すでに華やかなパーティーの準備が整えられている豪華な客間

　金持ちのパトロンたちから貢がれる金で贅沢三昧の暮らしをしているヴィオレッタの家では、今夜も華やかなパーティーが開かれている。間もなく、ヴィオレッタの親友フローラの家での遊びに興じ過ぎたため、招待時間に遅れた友人たちがやってきて、夕食会が開かれる。ヴィオレッタの友人のガストーネ・ド・レトリエール子爵が、女主人に自分の友人で彼女の熱烈な崇拝者である青年アルフレード・ジェルモンを紹介する。ガストーネは同時にヴィオレッタに、つい最近彼女が病に臥せていたときに、アルフレードが心配して、毎日そっと彼女の容体を尋ねにきていた事実を小声で教える。一年前からヴィオレッタを密かに熱愛していたアルフレードは、初めて彼女に面と向かって、最初のうちは話もできないでいたが、詩人でもある彼は、友人たちと彼女に勧められ、美と生きる喜びと愛をテーマに

した〈乾杯の歌〉を即興で謳い上げ、ヴィオレッタもこれに唱和する。

　食事が終わり、一同隣室でのダンス・パーティーに移っていくが、ヴィオレッタは突然気分が悪くなる。彼女と二人だけになったアルフレードは、彼女に不健康な放埓（ほうらつ）な生活をやめるように忠告するとともに、一年前のある日、彼女を垣間見たときから抱き続けている熱烈な愛の告白をする。だが、男性との付き合いには慣れ切っているヴィオレッタは軽くいなし、友人としての付き合いを提案する。しかし実際は、ヴィオレッタは、これまで相手にしてきた男性とはまったく違ったアルフレードの真摯な愛情の告白に心を打たれていた。そして、帰ろうとする彼に、胸から一輪の花を取って、「この花が萎（しお）れたら、また持ってくるように」と、近日中の再会の約束をこめて手渡す。

　パーティーが終わり、客たちが帰って、ただ一人になったヴィオレッタは、彼の誠意のこもった愛の言葉を思い出し、また、自分が病気に臥せっていたときに、心から心配してそっと容体を尋ねにきたアルフレードの姿を思い、真実の愛に目覚めた自分を見出す。そして、今後も「パリ」と呼ばれるこの砂漠のような大都会の中で、今までどおり快楽に身を任せた狂気に満ちた人生を過ごすべきか否かを自問自答するのであった。

第 2 幕*（前半）　パリ郊外の静かな自然に囲まれたヴィオレッタとアルフレードの愛の隠れ家

　パリでのそれまでの乱れた生活に終止符を打ったヴィオレッタは、パリを引き払い、三か月前から、パリからそれほど遠くない田舎の美しい自然に囲まれた家でアルフレードと愛の巣を営んでいる。とはいえ、親からの仕送りで暮らしてきたアルフレードには二人の快適な暮らしを支える資力

---

*　第 2 幕の舞台について：第 2 幕は、前半（第 1 景から第 8 景）と後半（第 9 景から終わりの第15景まで）、まったく違った二つの舞台で繰り広げられる。普通は、前半と後半の間でいったん仮幕をおろし、舞台上を暗くして、その間に後半の舞台装置を整えるのだが、時としては（例えば、日本でも1973年に東京で行なわれた第7回イタリア・オペラの公演の場合のように）、第 2 幕後半を第 3 景として独立させ、本来の第 3 幕を第 4 幕として全体を四幕ものとすることもある。

もなく、経済的な意識もない。結局、二人はヴィオレッタがそれまで蓄えたお金で生活をしてきた。ある日、ヴィオレッタがほんのわずか留守をしている間に、アルフレードはパリから戻ってきた女中のアンニーナから、彼女がヴィオレッタの言い付けで、田舎での快適な生活の費用を捻出するために馬や馬車を含めた彼女の持ち物すべてを処分してきたことを知り、慙愧(ざんき)に堪えず何とかする決心をし、パリに出掛ける。入れ違いに戻ってきたヴィオレッタは、たまたまフローラからその晩に催される夜会への二人宛ての招待状を受けるが、もちろん行く意志などなく、一笑に付す。

　ちょうどそのとき、アルフレードの父親ジョルジョ・ジェルモンが不意に現れる。ヴィオレッタたちが息子の金で贅沢な生活をしていると信じているジェルモンは、彼女にたいし無礼な態度をとる。そこで、彼女は彼に自分の持ち物の売約証書を示してアルフレードの所持金など一切使っていないことを証明し、同時にアルフレードにたいする愛情がいかに真実のものであるかを説明する。だが、古風で頑固な田舎紳士であるジェルモンは、たとえ少しは心を動かされたものの、娘（アルフレードの妹）と良家の若者との間で進行中の結婚話が、息子が高級娼婦と同棲しているということによって破談になることを恐れ、ヴィオレッタにアルフレードと別れるように要求する。ヴィオレッタは再度懸命に自分とアルフレードがどれほどまでに深い愛情で結ばれているかを説明し、同時に、自分が不治の病に侵されて余命いくばくもないことまで打ち明けて、別れさせないでくれるよう懇願する。だが、自分の家の名誉と娘の幸福しか考えないジェルモンは頑として聞き入れない。万策尽きたヴィオレッタは、一度過ちを犯した者には世間の許しは与えられないものだと嘆きつつ、アルフレードの妹の幸福のために自分を犠牲にして、愛するアルフレードと別れる決心をする。

　ジェルモンが立ち去ったあとで、彼女が涙ながらに別離の手紙を書いていると、その最中にアルフレードが戻ってくる。彼は半ば父親の意図を察しているため不安を抱きながら父親の来訪を待っていた。ヴィオレッタは、ジェルモンと絶対に口外をしないと約束したため、本当の理由を言えないまま、アルフレードに悲痛な愛情の叫びを残し、家を急いで出ていく。

　まもなく、アルフレードにヴィオレッタからの置き手紙が届けられるが、そこには彼女が再び以前の生活に戻ると書いてあった。彼が手紙を読んで

絶望に陥っているときにジェルモンが現れ、息子を慰めながら、いつでも優しく迎えてくれるプロヴァンスの故郷があるのだから、そこに戻るようにと諭す。だが、アルフレードの耳には父親のこうした言葉は入らない。やがてフローラからの招待状を見つけ、ヴィオレッタの後を追ってフローラの家に行くために、彼もまた家を飛び出す。

第2幕(後半) 　パリのフローラの邸宅での豪華なパーティーの場

　ヴィオレッタの女友達で、富裕なドビニー侯爵をパトロンに持つフローラ・ベルヴォアのパリの邸宅では盛大なパーティーが開かれ、ジプシーに扮した女たちの手相占いや、スペインの闘牛士に扮した男たちの歌と踊りが場を盛り上げている。仮装した人々の歌と踊りが終わり、トランプの賭けの用意がされている頃、アルフレードが現れ、それから間もなくヴィオレッタが以前のパトロンで金持ちのドゥフォール男爵に腕を取られて入ってくる。ヴィオレッタは彼を見て狼狽するが、アルフレードはわざと無視している。アルフレードは賭けに勝ち続け、やがて男爵の挑戦を受け大勝負を続けるが、これにも勝つ。男爵の気性の荒いことを知っているヴィオレッタは、アルフレードを脇に呼んでこの場を去るように懇願するが、アルフレードは彼女が自分についてくるならと言い返す。だが、ヴィオレッタはアルフレードの父親との約束で本当の理由を言えないため、苦し紛れに今は男爵を愛していると言ってしまう。

　この答えに嫉妬と絶望に怒り狂ったアルフレードは、パーティー参加者全員を呼び集め、皆の前でヴィオレッタの足許に賭けで勝った金がいっぱい詰まった財布を投げつけ、これで今まで彼女が自分のために使った金を全部返したと叫ぶ。ヴィオレッタはこの仕打ちに気を失って倒れ伏す。人々が口々にアルフレードの紳士にあるまじき行ないを非難している最中に、息子を追ってやってきた父親のジェルモンが現れ、ヴィオレッタが果たした真の犠牲的行為を打ち明けられないままに、女性を侮辱した息子を厳しく叱責する。自分の行ないを恥じ後悔しているアルフレードに、人々の面前で女性を侮辱した行為は許せないとして男爵が決闘を申し込む。

第3幕　 パリの貧しいマンションのヴィオレッタの寝室

わずか一か月の間に胸の病が悪化したヴィオレッタはベッドに横たわったままである。彼女を診察にきた親しい医師は、女中のアンニーナにヴィオレッタの命がもう長くないことをそっと告げる。外では町中が謝肉祭で賑わっている。ヴィオレッタはアンニーナに、残っているわずかのお金の半分を貧しい人に与えにいくよう命じる。一人になった彼女はジェルモンからの詫びの手紙を取りだして読む。もう何度も読み返したこの手紙には、アルフレードと男爵の決闘の結末、ジェルモンが息子にヴィオレッタが果たした犠牲をすべて話したこと、息子はもちろんのこと自分も近くそちらに行くことなどが書かれている。アルフレードの到着を毎日待っているヴィオレッタは、今や自分の死期の迫っていることを感じ、すべてが手遅れになったことを嘆き、アルフレードとの幸せだった日々を思い出し、また、神に、「道を踏みはずした女」（ここで、初めて、「la traviata」の言葉が出てくる）である自分にたいする許しを請う。

　その時、突然、アンニーナに導かれてアルフレードが入ってくる。愛しあう二人は固く抱擁し、アルフレードは父親と自分の仕打ちを詫び、彼女の健康を取り戻すために、パリを離れることを話し合う。ヴィオレッタは嬉しさのあまり、神に感謝を捧げるために教会へ行くのだと着替えようとするが、すでにその力もない。やがて父親のジェルモンも到着し、彼女に許しを請う。ヴィオレッタは鏡台の引出しから元気だったころの自分の絵姿の入ったロケットを取り出して、アルフレードに、彼の将来の妻にあげてくれと差し出す。親しい人々に囲まれたヴィオレッタは突然元気を取り戻したかのように立ち上がるが、それが最期で、そのまま人々の悲嘆のうちに息を引き取る。

まえがき

　この対訳書は、昔から一番よく使用されてきたリブレット（台本）の1958年版を底本にしている。訳者が付けた註の文中にある『l. o.』と略字で記したものは、1993年以降の版のリブレット（libretto）、同じように、『Spart.』と略記したものは、スパルティート（Spartito）、つまり、オペラのパートの練習などで最もよく使用されている『Opera completa per canto e pianoforte』（1964年版）というヴォーカル・スコアのことである。訳註によって、読者がこの三種類のリブレットの相違を知ることができるように配慮したつもりである。

　また、このオペラの言葉には、今から約一六〇年前に書かれたものであるほか、台本作家が韻文で書いたため、古い形の名詞や形容詞、現在使用されていない動詞の変化形、詩語などが、だいぶ使われている。それらについては、逐一、訳註で解説した。また、読者の便宜を考えて、あえて直訳を付けたり、現代イタリア語の構文に直したところもある。

　訳者は、できるだけ原文の句の配列に忠実に訳したつもりであるが、それでは読者に分かりにくい場合には、あえて順序を変えて訳したところもあるし、原文にはない、説明的な言葉をカッコに入れて加えたところもある。

　なお、このオペラの題名については、「訳者あとがき」でもふれているが、《椿姫》というのでは、作曲者ヴェルディの意思をまったく汲んだものとはならない。かといって、その訳である《道を踏みはずした女》というのも、今となっては、題名としては通りが悪かろう。そこで、イタリア語のカタカナ表記である《ラ・トラヴィアータ》が良いのではないかと思うが、本のタイトルとしては、やはり今回も、混同を避けるため、『椿姫』とせざるをえなかったことを付記しておく。

　　　　　　　　　　　　　　　　　　　　　　　　　　　　　　（訳者）

　本シリーズでは、通常、註を示すのに＊マークを使っておりますが、この『椿姫』では、上記の「まえがき」にもあるとおり、諸々の理由によって、註を施した数が特別に多くなりました。そのため、見難さと煩雑さを避けるため、今回は、各幕ごと、註を示すのに（1）（2）（3）……と表記しています。

椿 姫
(ラ・トラヴィアータ)
La Traviata

3幕のオペラ（メロドランマ）
Melodramma in tre atti

音楽＝ジュゼッペ・ヴェルディ
Giuseppe Verdi（1813－1901）
台本＝フランチェスコ・マリア・ピアーヴェ
Francesco Maria Piave（1810－1876）

原本＝アレクサンドル・デュマ・フィスの小説
『椿姫（La Dame aux Camélias）』（1848）と、その同名の戯曲

作曲年＝1853年
初演＝1853年3月6日、ヴェネツィア、フェニーチェ劇場
台本＝リコルディ版に基づく

主要登場人物および舞台設定

ヴィオレッタ・ヴァレリー　Violetta Valery ……………………ソプラノ
フローラ・ベルヴォア　Flora Bervoix …………………メゾ・ソプラノ
アンニーナ　Annina ………………………………………………ソプラノ
アルフレード・ジェルモン　Alfredo Germont ……………………テノール
ジョルジョ・ジェルモン（その父）Giorgio Germont, suo padre …バリトン
ガストーネ（レトリエール子爵）Gastone, Visconte di Litorières …テノール
ドゥフォール男爵　Il Barone Douphol ………………………………バリトン
ドビニー侯爵　Il Marchese D'Obigny ………………………………バス
グランヴィル医師　Il Dottor Grenvil …………………………………バス
ジュセッペ（ヴィオレッタの下男）Giuseppe, servo di Violetta ………バス
フローラの召使い　Un domestico di Flora …………………………バス
使いの者　Un commissario …………………………………………テノール

ヴィオレッタとフローラの友人である紳士および淑女たち
Signore e Signori amici di Violetta e Flora

マタドール、ピカドール、ジプシーの女たち
Mattadori‐Piccadori‐Zingare

ヴィオレッタとフローラの召使いたち、仮装した人々、その他
Servi di Violetta e di Flora, Maschere, ecc.

舞台：1850年頃のパリおよびその近郊
　　第1幕は8月に起こり、第2幕は翌年1月、第3幕は2月に起こる

主要人物歌唱場面一覧

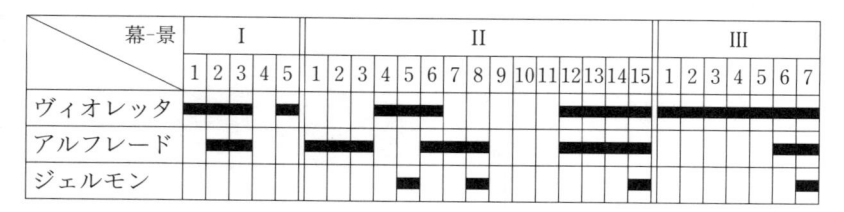

幕-景	I					II															III						
	1	2	3	4	5	1	2	3	4	5	6	7	8	9	10	11	12	13	14	15	1	2	3	4	5	6	7
ヴィオレッタ	●	●	●		●	●			●	●							●	●	●	●	●	●	●	●	●	●	●
アルフレード		●	●			●	●	●		●			●						●	●				●	●	●	●
ジェルモン										●	●	●	●						●	●						●	●

第1幕
ATTO PRIMO

ATTO PRIMO
第1幕[1]

Salotto in casa di Violetta. Nel fondo è la porta che mette ad altra sala; ve ne sono altre due laterali; a sinistra, un caminetto con sopra uno specchio. Nel mezzo è una tavola riccamente imbandita.

　　ヴィオレッタの家のサロン。奥に他の広間に通じる扉がある。
　　両側にも扉があり、下手には暖炉があって、その上に鏡が掛かっている。
　　　　真ん中には豪華に食事の準備された食卓がある。

Scena Prima　第1景

(Violetta, seduta sopra un divano, sta discorrendo col Dottore e con alcuni amici, mentre altri vanno ad incontrare quelli che sopraggiungono, trai quali sono il Barone e Flora al braccio del Marchese.)

　（ヴィオレッタは、ソファーに座って医者と幾人かの友人たちと話をしている。その間に、何人かの友人たちは遅れてやってくる人たちを出迎えているが、その〔遅刻組の〕中には、男爵と、侯爵と腕を組んだフローラがいる。）

CORO I 合唱 I	Dell'invito trascorsa è già l'ora[2]. Voi tardaste...

　　　（招待の）時間はとっくに過ぎていますよ…
　　　あなた方は遅刻しましたね…

CORO II 合唱 II	Giocammo da[3] Flora, E giocando quell'ore[4] volâr.[5]

　　　　　わたしたちは、フローラの家で遊んでいたのですよ。
　　　　遊んでいるうちに時間が飛ぶように過ぎてしまったのです。

---

(1) 第1幕は、デュマの原作でも詳しい時代設定の説明はないが、内容からして、おおよそ1850年頃の8月のパリを舞台に繰り広げられるというのが定説になっている。
(2) 「l'ora」は「l'ora dell'invito」で、「招待の時刻」。
(3) 「da+人」は「(人の) ところで」。
(4) 「quell'(e) ore」とは「あの (楽しかった) 何時間」。
(5) 「volâr」は「volarono (飛んでいった)」のトロンカメント (語尾切断) 形。

VIOLETTA ヴィオレッタ	*(andando loro incontro)* Flora, amici, la notte che resta D'altre gioie qui fate brillar... Fra le tazze⁽⁶⁾ è più viva la festa.⁽⁷⁾

（彼らを迎えに行く）
フローラ、お友達のみなさん、残っている夜を
ここで、ほかの楽しみで一層輝かしてくださいませ…
お酒の杯の間でパーティーはさらに活き活きしますわ…

FLORA e MARCHESE フローラと侯爵	E goder voi potrete? 貴女は、楽しくしていても大丈夫なの？⁽⁸⁾
VIOLETTA ヴィオレッタ	Lo⁽⁹⁾ voglio; Al piacere m'affido,⁽¹⁰⁾ ed io soglio⁽¹¹⁾ Col tal farmaco i mali⁽¹²⁾ sopir.

楽しんでいたいのよ、
快楽に身を任せるの、それに、いつも私は例の薬で
痛みを抑えているのですもの。

TUTTI 一同	Sì, la vita s'addoppia⁽¹³⁾ al gioir. そうだ、人生は楽しみによって倍増するのだ。

Scena Seconda　第 2 景

(Detti,⁽¹⁴⁾ il Visconte Gastone de Letorières. Alfredo Germont. Servi affaccendati intorno alla mensa.)
（前出の人々、ガストーネ・ディ・レトリエール子爵、アルフレード・ジェルモン、
食卓の周りで忙しく働く召使いたち。）

---

(6)「tazze」は、普通は「茶碗、カップ」の意味だが、ここでは「グラス」。
(7)『l. o.』では「Fra le tazze è più viva la festa...」となっている。意味に差はない。
(8) この質問と次の答えで、すでにヴィオレッタが病に冒されていることが分かる。
(9)「Lo voglio」の「lo」は「それを」。つまり、前の「godere」を意味し、「voglio」は「volere（望む）」の直説法・現在・一人称単数で、ヴィオレッタの「どうしてもそうしたい」との強い意志を表わす。
(10)「m'affido al piacere」は「私は快楽に身を委ねる」。
(11)「soglio sopir」は「solere（〜を常とする）」の直説法・現在・一人称単数＋「sopire（眠らせる；落ち着かせる）」で、「いつも静めるようにしている」のが習慣的なことを表わしている。
(12)「i mali」は、ここでは「痛み」。
(13)「s'addoppia」の「addoppiarsi」は、文語で「増す；倍増する」。
(14)「Detti」は「dire（言う）」の過去分詞で、ここでは「前に言及した人々；前出の人々」。

GASTONE ガストーネ	*(entrando con Alfredo)* In[15] Alfredo Germont, o signora,[16] Ecco un altro che molto vi onora; Pochi amici a lui simili sono.[17]	

（アルフレードを連れて入ってきて）
マダム、アルフレード・ジェルモン君です。
もう一人の貴女を大変尊敬する人物ですよ、
めったにおりません、彼のような友人は。

VIOLETTA
ヴィオレッタ

(Dà la mano ad Alfredo, che gliela bacia.[18])
（アルフレードに手を差し伸べ、彼はそれに接吻する。）

Mio Visconte, merce'[19] di tal dono.
子爵様、このような贈り物をありがとうございます。

MARCHESE
侯爵

Caro Alfredo...
やあ、アルフレード君…

ALFREDO
アルフレード

Marchese...
侯爵…

(Si stringono la mano.)
（彼らは握手を交わす。）

GASTONE
ガストーネ

(ad Alfredo)
　　　　　　　　T'ho detto:
L'amistà[20] qui s'intreccia[21] al diletto.

（アルフレードに）
君に言っただろう、
この家では友情と楽しみが織り合わされているのだと。

(I servi frattantto avranno imbandite le vivande.)
（その間に、召使いたちは料理を並べ終えている。）

---

(15)「in Alfredo Germont」の「in」は冗語で、現在では、人を紹介する際に用いない。
(16)「signora」は、厳密に言うならば「既婚婦人」のことだが、ここでは「（家の女主人としての）マダム、または奥さん」程度の意味。
(17)「Pochi amici a lui simili sono.」=「Sono pochi, amici simili a lui.」「少ないのです、彼のような友は」。
(18)「gliela bacia」=「bacia la mano (la) a lei (gli)」「彼女の手にキスをする」。
(19)「merce'」は「mercede」のトロンカメント（語尾切断）形で、フランス語風な「ありがとう（merci）」。
(20)「amistà」は「amicizia」の古語・詩語で、「友情」。
(21)「s'intreccia a～」は「～と絡み合う」。

VIOLETTA ヴィオレッタ	*(ai servi)*[22] Pronto è il tutto[23]?	

(召使いたちに)

もう、仕度は全部できたこと？…

(Un servo accenna di sì.)

(召使いの一人が、はいと頷く)

　　　　　　　　　　Miei cari,[24] sedete:
È al convito[25] che[26] s'apre ogni cor.

　　　　さあ、皆さま、お座りになって、
まさに宴席でですのよ、あらゆる心が開くのは！

TUTTI 一同	Ben diceste;[27] le cure[28] segrete[29] Fuga[30] sempre l'amico licor.[31]	

おっしゃるとおりです… 秘めたる憂さを
いつも追い払ってくれるのは友なる酒です。

(Siedono in modo che Violetta resti tra Alfredo e Gastone, di fronte vi sarà Flora tra il Marchese ed il Barone, gli altri siedono a piacere. V'ha un momento di silenzio; frattanto passano i piatti, e Violetta e Gastone parlano sottovoce tra loro, poi:)

(一同は、ヴィオレッタがアルフレードとガストーネに挟まるように、その正面に侯爵と男爵の間に挟まれてフローラがきて、他の者たちはそれぞれ好きなように座る。ちょっとの間沈黙が流れ、その間に皿が配られ、ヴィオレッタとガストーネが低い声で話し合っている。それから、)

GASTONE ガストーネ	*(piano, a Violetta)*[32] Sempre Alfredo a voi pensa.	

(小声でヴィオレッタに)

いつもアルフレードは貴女のことを想っています。

VIOLETTA ヴィオレッタ	Scherzate?	

　　　　　　　ご冗談でしょう？

---

(22)『l. o.』には、「ai servi (召使いたちに)」のト書きはない。
(23)「il tutto」は「(決められていたこと) すべて」。
(24)「Miei cari」は呼びかけで、「親しい友だちよ」。
(25)「convito」は、古語・文語で「饗宴、宴会」。
(26)「È al convito che ～」は強調の構文。
(27)「Ben diceste」は「よくおっしゃった；上手いことをおっしゃった」。
(28)「cure」は、文語で「苦しみ、悩み」。
(29)「segrete」は「内密の；秘密の」。
(30)「Fuga」は、文語の他動詞「追い払う」。
(31)「licor」は「liquore」の詩語で、ここでは「アルコール飲料；酒」。
(32)『l. o.』には、「piano, a Violetta」のト書きはない。

GASTONE ガストーネ	Egra[33] foste, e ogni dì[34] con affanno Qui volò, di voi chiese.	

貴女が病気のとき、毎日、心配して
彼はここに飛んできて、貴女のことを尋ねていました。

VIOLETTA ヴィオレッタ	Cessate. Nulla son io per lui.	

　　　　　　　　　　おやめください。
何でもありませんもの、私は彼にとって。

GASTONE ガストーネ	Non v'inganno.[35]	

貴女に嘘は申しませんよ。

VIOLETTA ヴィオレッタ	*(ad Alfredo)* Vero è dunque?... onde[36] è ciò?... nol[37] comprendo.	

（アルフレードに）　　　　　　　　　　　　　　　「んわ。
では、本当ですの？… でも、どうして？… 私には分かりませ

ALFREDO アルフレード	*(sospirando)* Sì, egli[38] è ver.	

（溜め息をつきながら）
はい、それは本当です。

VIOLETTA ヴィオレッタ	*(ad Alfredo)* Le mie grazie vi rendo.[39]	

（アルフレードに）
　　　　　　それはありがとうございます。

Voi, barone, non feste[40] altrettanto[41]

男爵様、貴方さまはこんなふうにはなさってくださいません
　　　　　　　　　　　　　　　　　　└でしたわね…

BARONE 男爵	Vi conosco da un anno soltanto.	

私が貴女を知ったのはわずか一年前からですよ。

---

(33)「egra」は詩語で、「malata（病気の）」。
(34) アクセントのついた「dì」は、「giorno（日）」と同じ意味。
(35)「ingannare」は「欺く」。
(36)「onde è ciò」=「da dove (viene) ciò」で、「それはどこから（来るのでしょうか）？」、つまり「いったいどうしてそんなことになるの？」という意味。
(37)「nol」=「non lo」で、「non lo comprendo」。「私はそれが理解できない」。
(38)「egli」は「彼は」ではなく、主格の中性的代名詞「そのこと」。
(39)直訳すると、「私の感謝の気持ちを貴方にお返しいたします」、つまり「ありがとうございます」という意味。
(40)「feste」=「faceste（fareの直説法・遠過去・二人称複数）」の詩語。
(41)「altettanto」は「同じように」。

VIOLETTA ヴィオレッタ		Ed ei[42] solo da qualche minuto. でも、彼はわずか数分前からですのよ。
FLORA フローラ		*(piano al Barone)* Meglio fora[43] se aveste taciuto. （男爵にそっと） 黙っていらした方がよろしかったのに。
BARONE 男爵		*(piano a Flora)* M'è increscioso[44] quel giovin... （フローラにそっと） 私は気にくわぬ、あの若造が…
FLORA フローラ		Perché? A me invece simpatico egli[45] è. なぜですの？ 私には反対に感じがよろしゅうございますのに。
GASTONE ガストーネ		*(ad Alfredo)* E tu dunque non apri più bocca? （アルフレードに） さて、君はもう口を開かないのかい？[46]
MARCHESE 侯爵		*(a Violetta)* È a madama che scuoterlo[47] tocca[48] （ヴィオレッタに） 彼を起してやるのは、マダムの役目ですよ…
VIOLETTA ヴィオレッタ		*(Mesce ad Alfredo.)* （アルフレードに酒を注ぐ。） Sarò l'Ebe che versa. 私がお酒を注ぐエベ[49]の役をいたしましょう…

---

(42)「ei」=「egli」。
(43)「Meglio fora」は「sarebbe stato meglio」の詩形で、「その方がよかったのに」の意味で、あとの仮定文過去形「もし貴方が黙っておいでになったとしたら」の帰結文。
(44)「rincrescioso」は詩語で、「嫌だ」。
(45)「l. o.」では、「egli」ではなく「gli」だが意味は同じ。
(46) ここは、アルフレードがヴィオレッタに見とれ、茫然としている様を表わす。
(47)「scuoterlo」は「彼を揺り動かして目覚めさせる」。
(48)「tocca a+（誰々）+動詞」は「～するのは（誰々の）番（役）だ」。
(49) ギリシャ神話の登場人物。ゼウスとヘラの娘で、永遠の青春の化身であり、神々に酌をする任務を与えられていた。

ALFREDO アルフレード	*(con galanteria)* E ch'io bramo Immortal come quella.⁽⁵⁰⁾	

（慇懃に）

　　　　　　　　　そして、私は切望します、貴女が
あの女性のように不死の身であられるように。

TUTTI 一同	Beviamo.	

　　　　　　　　　　　飲もうではないか。

GASTONE ガストーネ	O barone, né un verso, né un viva⁽⁵¹⁾ Troverete in quest'ora giuliva?	

おお、男爵、詩の一行も万歳の言葉一つも
この楽しいときに浮かんでこないのかな？

(Il Barone accenna di no.)

（男爵は拒否の合図をする。）

Dunque a te...
(ad Alfredo)

それでは君に…

（アルフレードに向かって）

TUTTI 一同	Sì, sì, un brindisi.	

　　　　　　　　そうだ、賛成、賛成、乾杯だ。

ALFREDO アルフレード	L'estro⁽⁵²⁾ Non m'arride...	

　　　　　　　　　　　　　　詩想が
私に微笑みかけてくれないのだが…

GASTONE ガストーネ	E non se'⁽⁵³⁾ tu maestro⁽⁵⁴⁾?	

　　　　　君は（この分野の）マエストロではなかった
　　　　　　　　　　　　　　　　　　　　　　かな？

ALFREDO アルフレード	*(a Violetta)* Vi fia⁽⁵⁵⁾ grato?	

（ヴィオレッタに）

よろしいでしょうか？

---

(50) 「come quella」＝「come Ebe」で、「あの女性のように」つまり「エベのように」。
(51) 「un viva」は、男性・単数で「万歳」。ここでは、乾杯の音頭のような、景気づけの意味の言葉。
(52) 「L'estro」は、ここでは「インスピレーション」の意で、「詩想が浮かんでこないのだが」ということ。
(53) 「se'」は「sei」の省略形。
(54) 「maestro」は、ここでは当然「（詩など文学の）先生；得意とする人」。
(55) 「fia」は「sia」の詩形。直訳すると「貴女は（それが）お気に召しますでしょうか？」という意味。

VIOLETTA ヴィオレッタ		Sì.
		もちろんですわ。
ALFREDO アルフレード	(*S'alza.*)	
	(立ち上がる。)	
		Sì?... L'ho[56] già[57] in cor.
		もちろんですって？… もう心に浮かびました。
MARCHESE 侯爵	Dunque attenti...	
	それでは、諸君、謹聴を…	
TUTTI 一同		Sì, attenti al cantor.[58]
		そうだ、詩人に謹聴。
ALFREDO アルフレード	Libiam[59] ne' lieti calici Che la bellezza[60] infiora.[61]	
	酒を味わおうではないか、楽しい酒杯で 美が花を添える（酒杯で）。	
	E la fuggevol[62] ora S'inebri[63] a voluttà.	
	そして、はかなく去っていく時が 快楽で酔い痴れるように。	
	Libiam ne'[64] dolci fremiti Che suscita l'amore,	
	酒を味わおうではないか、恋が呼び起こす 甘いときめきの中で、	

---

(56)「L'ho」＝「Lo ho」。ここを直訳すると、「もうそれを心の中に持っている」ということ。
(57)『l. o.』では、「già」がない。
(58)「cantore」は、普通は「教会の合唱隊の歌手」だが、ここでは「詩人」。
(59)「Libiamo」の「libare」は、本来は「(神へ捧げる酒などを) 祭壇などに注ぐ；撒く」の意味だが、「(唇を濡らす程度に) 飲む；味わう」の意味もある。このため、一番適切なのは「酒杯に酒を注ごうではないか」だが、詩の場合は意味を拡大解釈して、「(酒を) 味わおうではないか」、つまり「酒を呑もうではないか」「酒を酌み交わそうではないか」とすることができ、一般にこの解釈がとられている。また、このあまり普通ではない動詞を使ったのは、少し前にヴィオレッタが「私が (神々の娘) エベの役をつとめて酒をお注ぎしましょう」と言ったのに受け答えたためである。
(60)「bellezza（美）」とは、「(抽象的な) 美」とも、「美しい女性たち」とも、「美しいヴィオレッタ」とも解釈できるが、「美」をとる。
(61)「infiora」は他動詞「花で飾る」で、"美が花で飾る楽しい杯に（で）"という意味。
(62)「fuggevol(e)」は「逃げやすい；過ぎやすい」。
(63)「s'inebri」は「inebriarsi（酔う）」の接続法・現在・三人称単数で、願望を表わす。
(64)「ne'」＝「nei」。

Poiché quell'occhio al core
(indicando Violetta)
Onnipotente⁽⁶⁵⁾ va.

あの抗しがたい眼差しが
（ヴィオレッタを指しながら）
この心まで届くがゆえに。⁽⁶⁶⁾

Libiamo, amor fra i calici
Più caldi baci avrà.⁽⁶⁷⁾

酒を味わおうではないか、盃を交わすうちに
恋の口づけはより熱くなるのだ。⁽⁶⁸⁾

TUTTI
一同
Libiamo, amor fra i calici
Più caldi baci avrà.

酒を味わおうではないか、盃を交わすうちに
恋の口づけはより熱くなるのだ。

VIOLETTA
ヴィオレッタ
(S'alza.)

（立ち上がって。）

Tra voi saprò⁽⁶⁹⁾ dividere
Il tempo mio giocondo;

皆さま方の間にいると、私は自分の楽しいときを
ともに分かち合うことができますの、

Tutto⁽⁷⁰⁾ è follia nel mondo
Ciò che non è piacer.

この世の中では、喜びでないものは
すべて愚かなものなのですわ。

Godiam, fugace e rapido
È il gaudio dell'amore;

楽しみましょう、儚く疾くと
去っていくものですよ、恋の喜びは、

---

(65)「onnipotente（全能の）」、即ち「抗しがたい」は、「occhio」にかかる形容詞。
(66) この第四節は、前の第三節の後半の内容の理由を説明している。つまり「あの万能の神のような力を持った眼差しが私の心に届いてくるために（私の中に恋心が呼び起こした甘いときめきを感じながら）」という意味。
(67)『l. o.』では、この二句はアルフレードのアリアに入っておらず、そのあとで、全員と一緒に初めて歌うように書かれている。
(68) 二行目は、「恋はより熱い接吻を持つであろう」が直訳。
(69)「saprò」は「（分かつことが）できるだろう」。
(70)「Tutto ciò che 〜」の構文で、「〜であるすべてのもの」。

> È un fior che nasce e muore,
> Né più si può goder.
>
> それは、生まれては枯れる花であり、
> 二度と楽しむことはできません。⁽⁷¹⁾
>
> Godiam... c'invita⁽⁷²⁾ un fervido⁽⁷³⁾
> Accento⁽⁷⁴⁾ lusinghier.⁽⁷⁵⁾
>
> 楽しみましょう… 心をそそるような
> 熱い言葉が私たちを誘っていますから。

TUTTI
一同
> Godiam... la tazza e il cantico
> La notte⁽⁷⁶⁾ abbella⁽⁷⁷⁾ e il riso;
>
> 楽しもう… 酒杯と酒の賛歌は
> 夜と楽しい笑いを美しく彩ってくれるのだ、
>
> In questo paradiso
> Ne⁽⁷⁸⁾ scopra il nuovo dì.
>
> この楽園の中に、新しい日が
> 我々を見出すように。⁽⁷⁹⁾

VIOLETTA
ヴィオレッタ
> *(ad Alfredo)*
> La vita è nel tripudio.
>
> (アルフレードに)
> 人生とは歓楽のうちにあるのですわ。

ALFREDO
アルフレード
> *(a Violetta)*
> Quando non s'⁽⁸⁰⁾ ami⁽⁸¹⁾ ancora.
>
> (ヴィオレッタに)
> 人がまだ恋を一度もしたことがないかぎりは。

VIOLETTA
ヴィオレッタ
> *(ad Alfredo)*
> Nol⁽⁸²⁾ dite a chi l'ignora.⁽⁸³⁾
>
> (アルフレードに)
> そのようなことはおっしゃらないでくださいな、恋を知らない者に。

---

(71)「恋は(花のように一度枯れてしまえば)二度と再び咲くことはない」という意味。
(72)「invita」は「(楽しむようにと)誘っている」。
(73)「fervido」は「熱い；燃えるような」。
(74)「accento」は、ここでは「言葉」。
(75)「lusinghier(o)」は、「お世辞たっぷりの」、つまり「聞く者に心地よい」。
(76)『l. o.』では、「le notti (夜ごと夜ごとを)」と複数形が使われているが、意味上の違いはない。
(77)「abbella (美しくする)」は、文法上は「abbellano」となるべきだが、ここでは、「la tazza e il cantico」を一括して単数の主語と、「le notti e il riso (ここでは、喜びの笑い)」を目的語と考えればよい。
(78)「ne」は、詩では「ci (我々を)」の意味にも用いられる。
(79)「私たちが翌日の夜明けまでこの愉しみの中で過ごすように」という意味。
(80)「s'ami」の「s'」= (si) は、一般的な「人」の意味。
(81)「ami」は、接続法・現在・三人称単数、「人がまだ愛したことがないようなときには」。
(82)「Nol」=「Non lo」。「lo」は「そのようなことを」。
(83)「l'ignora」の「lo」は「愛(恋)を」。『l. o.』では、「lo ignora」と表記されており、アポストロフィはない。

ALFREDO アルフレード	*(a Violetta)* È il mio destin cosi...	
	（ヴィオレッタに） 私の運命はそうなっているのです…	
TUTTI 一同	Godiam... la tazza e il cantico La notte abbella e il riso; In questo paradiso Ne scopra il nuovo dì.	
	楽しもう… 酒杯と酒の賛歌は 夜と楽しい笑いを美しく彩ってくれるのだ、 この楽園の中に、新しい日が 我々を見出すように。	
	(S'ode musica dall'altra sala.)	
	（他の広間から音楽が聞こえてくる。）	
	Che è ciò?	
	あれは何だろう？	
VIOLETTA ヴィオレッタ		Non gradireste[84] ora le danze?
		皆さま、今度はダンスはいかがでしょう？
TUTTI 一同	Oh, il gentil pensier!... tutti accettiamo.	
	なんというご親切な配慮で！… 一同お受けいたします。	
VIOLETTA ヴィオレッタ	Usciamo dunque...	
	では、ここから出ましょう…	
	(S'avviano alla porta di mezzo, ma Violetta è colta da subito pallore.)	
	（一同真ん中の扉に向かうが、ヴィオレッタは突然顔色が蒼白になる。）	
		Ohimé[85] !...
		ああ、苦しい！…
TUTTI 一同		Che avete?...
		どうなさったのです？…
VIOLETTA ヴィオレッタ	Nulla.	Nulla,
	何でもないの。	何でもありません、

---

(84)「Non gradireste 〜」は「〜はお好きではないでしょうか」。
(85)「Ohimé」は、『l. o.』では「Oimé」だが意味は同じ。苦痛、苦悩を表わす感嘆詞。

TUTTI 一同	Che mai[86] v'arresta... いったい何が起こったのです？…
VIOLETTA ヴィオレッタ	Usciamo... ここから出ましょうよ…

(Fa qualche passo, ma è obbligata a nuovamente fermarsi e sedere.)
（何歩か歩くが、再び立ちどまって座らざるをえなくなる。）

	Oh Dio[87]!... ああ、どうしよう！…
TUTTI 一同	Ancora!... まただ！…
ALFREDO アルフレード	Voi soffrite?[88] 貴女はお苦しみなのですね？
TUTTI 一同	O ciel![89]... ch'è questo? おお、大変だ！… これはどうしたこ とか？
VIOLETTA ヴィオレッタ	Un tremito[90] che provo[91] Or là passate... 震えを覚えましたの… さあ向こうにお移りになって…

(Indica l'altra sala.)
（ほかの広間を指す。）

	Tra poco anch'io sarò... まもなく私も参りますから…
TUTTI 一同	Come bramate.[92] では、お言葉に甘えさせていただい て。

(Tutti passano all'altra sala, meno Alfredo che resta indietro.)
（あとに残ったアルフレードを除き、一同別の広間に移る。）

---

(86)「mai」は疑問を強める副詞で、「いったい」の意。直訳は「いったい何が貴女の足を引き止めたのですか？」。
(87)「Oh Dio!」は「おお、神よ」で、驚きを表わす言葉。
(88)『l. o.』では「Voi?... soffrite?」。
(89)「Oh ciel!」は「おお、天よ！」で、これも驚きを表わす。
(90)「tremito」は「(寒さ・恐怖などからくる) 震え」。ここでは「悪寒」。
(91)『l. o.』では、「un tremito」の前に「È」があるが、意味は変わらない。
(92) 直訳すると、「貴女がお望みのように (私たちはいたします)」。

Scena Terza 第3景

(Violetta, Alfredo e Gastone a tempo.)
(ヴィオレッタ、アルフレード、頃合いにガストーネ。)

VIOLETTA
ヴィオレッタ
(guardandosi allo specchio)
Oh qual pallor!...
(鏡を見ながら)
おお、なんという顔の蒼さだろう！…

(Volgendosi, s'accorge d'Alfredo.)
(振り向いてアルフレードに気がつく。)

Voi qui!...
貴方はここに！…

ALFREDO
アルフレード
Cessata è l'ansia[93]
Che vi turbò?
心の悩みは収まりましたか？
貴女を苦しめていた（悩みは）。

VIOLETTA
ヴィオレッタ
Sto meglio.
だいぶ良くなりました。

ALFREDO
アルフレード
Ah, in cotal guisa[94]
V'ucciderete[95] aver v'è duopo[96] cura
Dell'esser vostro.[97]
ああ、こんなことをなさっていては
ご自分を殺すことになる… 大切になさらなければ
ご自身を…

VIOLETTA
ヴィオレッタ
E lo potrei?
でも、私にできましょうか？

---

(93)「ansia」は「不安：（恐怖などによる）不安定な精神状態」。
(94)「in cotal guisa」=「in questa maniera」で、「こんなふうにしていたら」。
(95)「Vi ucciderete」は「貴女は自分自身を殺してしまうだろう」、つまり「貴女は身を滅ぼしてしまうだろう」という意味。
(96)「duopo」という単語は存在しない。正しくは「d'uopo」。ここでは「essere d'uopo（必要である）」の構文と、「avere cura di ～（～を大切にする）」の構文が組み入っている。
(97)「essere vostro（貴女の存在）」とは「貴女自身」。

ALFREDO アルフレード		Se mia Foste, custode io veglierei pe' vostri Soavi dì.

　　　　　　　　　　　　　　　もし、貴女が私のものであ
私が守り人として、貴女の楽しい日々のあいだ中、└れば
見守って差し上げますものを。

VIOLETTA ヴィオレッタ		Che dite?... ha forse alcuno(98) Cura di me?

　　　　　　　　　　　　　何をおっしゃいますの？… ひょっとして、
誰も私の面倒を見てくださる方がいないとでも？

ALFREDO アルフレード	*(con fuoco)*	Perché nessuno al mondo V'ama...

　　　　　　　（燃えるような情熱で）
　　　　　　　　　　　だって、この世の中には誰もおりませんよ、
貴女を愛している人は…

VIOLETTA ヴィオレッタ	Nessun?

　　　　　　　　誰もいないですって？

ALFREDO アルフレード	Tranne sol io.

　　　　　　　　私一人を除いては。

VIOLETTA ヴィオレッタ	*(ridendo)*	Gli(99) è vero!... Sì grande amor dimenticato avea.(100)

　　　　（笑いながら）
　　　　　　　　　　　　　　　　　　　それは確かね！…
私は忘れておりました、かくも大きな愛の存在を…

ALFREDO アルフレード	Ridete?... e in voi v'ha(101) un core?...

お笑いになっておられる？… 貴女の中には心があるのでし
　　　　　　　　　　　　　　　　　　　　　└ょうか？

VIOLETTA ヴィオレッタ	Un cor?... sì... forse... e a che(102) lo richiedete?

　心ですって？… はい… たぶん… でも、なぜそんなことを私
　　　　　　　　　　　　　　　　　　└にお尋ねになりますの？

---

(98)「alcuno」は否定の不定代名詞で、「誰もいない」。
(99)「essere」の前に置かれた「gli」は一種の形式的主語で、「それは」。
(100)「avea」=「avevo」。
(101)「v'ha」=「v'è」で、「ある」。
(102)「a che」=「perché」で、「なぜ」。

ALFREDO アルフレード		Ah, se ciò fosse,[103] non potreste allora Celiar.
		もしそうだとすれば、貴女は ひやかすことなどおできにならないはず。
VIOLETTA ヴィオレッタ		Dite davvero?...
		本気でおっしゃっておられますの?…
ALFREDO アルフレード		Io non v'inganno.
		私は貴女に嘘は申しません。
VIOLETTA ヴィオレッタ		Da molto è che mi amate?
		ずっと前から私を愛しておられまして?
ALFREDO アルフレード		Ah sì, da un anno.
		ああ、そうです、一年前からです。

Un dì,[104] felice, eterea,[105]
Mi balenaste[106] innante,[107]

ある日、幸福に満ちた幻のような貴女が
私の前に閃くように現れました、

E da quel dì tremante
Vissi d'ignoto[108] amor.

あの日から、私は生きてまいりました、
見知らぬ恋に戦慄きながら。

Di quell'amor ch'è palpito[109]
Dell'universo intero,

全宇宙の
鼓動であるようなあの恋に(戦慄きながら)、

---

(103)「Ah, se ciò fosse」は、『l. o.』では「Oh se ciò fosse」。
(104)『l. o.』では、第一句にはひとつもコンマがない。
(105)「eterea」は、「天の;(天人のように)清らかな;空気のように透きとおった;軽やかな」などの意味があり、ここでは「幻のような」と意訳しておく。
(106)「balenaste」は、普通は「一瞬輝く」だが、ここでは「突然現れる」。
(107)「innante」は「innanzi」の古い形で、「innante a me (私の前に)」となる。
(108)「ignoto」は、詩語では「これまで一度も知らなかった」。
(109)『l. o.』では、「Di quell'amor」に続く言葉が「ch'è l'anima」となっている。こちらは、「全宇宙の魂である(あの恋に)」という意味。

第1幕　　　　　　　　　　　　　　　29

Misterïoso,⁽¹¹⁰⁾ altero,
Croce⁽¹¹¹⁾ e delizia al cor.

神秘的で、誇りに溢れ、　　　　　　　　「に（戦慄きながら）。
心にとって十字架の苦しみであり、同時に喜びであるあの恋

VIOLETTA
ヴィオレッタ

Ah,⁽¹¹²⁾ se ciò è ver, fuggitemi⁽¹¹³⁾
Solo amistade⁽¹¹⁴⁾ io v'offro:

もし、それが本当なら、私をお避けください…
私は貴方にただ友情だけを差し上げます。

Amar non so, nè soffro
Un così eroico amor.⁽¹¹⁵⁾

私は人を愛することも知りませんし、このような
献身的な愛には耐えられませんの。

Io sono franca, ingenua;⁽¹¹⁶⁾
Altra cercar dovete;

私は率直で純情な女です、貴方は
別の女(ひと)をお探しにならねばなりません、

Non arduo⁽¹¹⁷⁾ troverete
Dimenticarmi allor.

そうすれば、貴方にとって難しいことでは
ありませんでしょう、私をお忘れになることは。

GASTONE
ガストーネ

(Si presenta sulla porta di mezzo.)

(真ん中の扉のところに姿を見せる。)

Ebben?... che diavol⁽¹¹⁸⁾ fate?

どうしたんだ？… 君たちはいったい何をしているんだ？

VIOLETTA
ヴィオレッタ

Si folleggiava⁽¹¹⁹⁾

とっても楽しくしておりましたの…

---

(110)「Misterioso（神秘的で）」と「altero（誇り高い；気高い）」は「愛」にかかる形容詞。
(111)「Croce(十字架)」とは、十字架に架けられたキリストの苦しみを表わすシンボルで、この意味から、「(精神的な)非常に大きな苦悩；苦しみ」を表わす。
(112)『l. o.』では、第一句にはコンマはひとつもない。
(113)「fuggire」は、ここでは「逃げる」ではなく、他動詞で「避ける」。
(114)「amistade」は文語で「友情」。
(115)『l. o.』では、第二句は「di così eroico ardor.」で、「このような英雄的な愛情」の意味。「eroico（英雄的な）」というのは、「献身的な」と考えればよい。
(116)「Io sono franca, ingenua.」は、意訳すれば「私は嘘など言える人間ではありません；本心から言っているのですよ」ということ。
(117)「non arduo」は「難しくない」。
(118)「che diavolo fate?」での「diavolo」は「悪魔」という意味はなく、疑問文などで、強調の「いったい」の意味で使われている。
(119)「Si folleggiava」は、「狂わしいほど楽しんでいましたの」。

GASTONE ガストーネ		Ah! ah!... sta ben... restate. あっはっは！… よろしい… 残っていたまえ。
	(Rientra.) （再び入る。）	
VIOLETTA ヴィオレッタ	*(ad Alfredo)* [120] Amor dunque non più... Vi garba[121] il patto? （アルフレードに） もう愛（の話）は終わりよ… お約束いいわね？	
ALFREDO アルフレード	Io v'obbedisco... Parto... *(per andarsene)* 貴女に従います… これでお暇いたします… （立ち去ろうとする）	
VIOLETTA ヴィオレッタ		A tal giungeste? まあ、そこまでなさいますの？[122]
	(Si toglie un fiore dal seno.) （胸から花を一輪取る。）	
	Prendete questo fiore. この花をお受け取りください。	
ALFREDO アルフレード	Perché? なぜです？	
VIOLETTA ヴィオレッタ		Per riportarlo... もう一度持ってお戻りくださいますように…
ALFREDO アルフレード	*(tornando)* （引き返しながら）	Quando? いつでしょう？
VIOLETTA ヴィオレッタ	Sarà appassito. 萎れてしまったら。	Quando お花が

---

(120) 『l. o.』には、このト書きはない。
(121) 「vi garba」=「vi piace」。「（このお約束、）よくって？」。
(122) 「貴方は、話の結末として、そこまで（つまり、このまま帰ってしまうということまでに）到達なさいましたの」の意味。

ALFREDO アルフレード	Oh ciel! domani.[123]	
	おお、神よ！　明日だ…	
VIOLETTA ヴィオレッタ	Ebbene, Domani.	
	いいですわ、明日ね。	
ALFREDO アルフレード	*(Prende con trasporto il fiore.)*	
	（有頂天になって花を受け取る。）	
	Io son felice!	
	ぼくは幸福だ！	
VIOLETTA ヴィオレッタ	D'amarmi dite ancora?	
	まだ私を愛しているとおっしゃれます？	
ALFREDO アルフレード	*(per partire)* Oh, quanto v'amo!...	
	（立ち去ろうとしながら） おお、どんなに貴女を愛していることか！…	
VIOLETTA ヴィオレッタ	Parite?	
	お帰りになりますの？	
ALFREDO アルフレード	*(tornando a lei e baciandole la mano)*[124] Parto.	
	（彼女のところに戻って手にキスをしながら） お暇いたします。	
VIOLETTA ヴィオレッタ	Addio.	
	さようなら。	
ALFREDO アルフレード	Di più non bramo.	
	ぼくはもうこれ以上は望まない。	
	(Esce.)	
	（出ていく。）	

---

(123) 『l. o.』では「Oh ciel! Domain...」でなく、「Allor domani... (それでは、明日…)」になっている。
(124) 『l. o.』では、ト書きはアルフレードの歌の後にある。

Scena Quarta　第4景

(Violetta e tutti gli altri che tornano dalla sala riscaldati dalle danze.)

（ヴィオレッタとその他一同は、ダンスで上気して、別室から戻る。）

TUTTI
一同

Si ridesta[125] in ciel l'aurora,
E n'[126] è forza di partir;
Merce' a voi, gentil signora,
Di sì splendido gioir.[127]

　空では曙が再び目を覚まし、
　我々は帰らねばならぬ、
　優しいマダムよ、ありがとう
　かくも素晴らしい楽しみを。

La città di feste è piena,[128]
Volge[129] il tempo dei piacer;
Nel riposo ancor la lena[130]
Si ritempri[131] per goder.

　町は宴で満ち溢れ、[132]
　快楽のときが過ぎていく、
　さあ、休息で、元気が取り戻されるように、
　（もう一度）楽しむために。

(Partono dalla destra.)

（上手から出ていく。）

Scena Quinta　第5景

(Violetta sola.)

（ヴィオレッタはただ一人である。）

---

(125)「Si ridesta」は、「再び目を覚ます」の再帰動詞。
(126)「ne」=「ci」で「我々にとって」。「essere forza+(di)動詞不定形」は「～が必要である」。
(127)「Merce' di sì (=così) splendido gioir(e).」は、直訳すると「かくも素晴らしい楽しむことにつき感謝します」。
(128)「La città è piena di feste.」の構文。
(129)「Volge」は、文語で「(時が) 過ぎつつある」。
(130)「lena」は「元気；活力；力」。
(131)「Si ritempri」の「ritempri<ritemprarsi」は、「(力などを) 取り戻す」の接続法・現在・三人称単数で、「取り戻すように」。
(132) 8月15日の「聖母被昇天祭」の頃は、戸外で祭りが繰り広げられた。

VIOLETTA
ヴィオレッタ

È strano!... è strano!... in core
Scolpiti⁽¹³³⁾ ho quegli accenti⁽¹³⁴⁾!

おかしいわ！… おかしいわ！… 心の中に
刻み込まれている、あの方の言葉が！

Saria⁽¹³⁵⁾ per me sventura⁽¹³⁶⁾ un serio⁽¹³⁷⁾ amore?
Che risolvi,⁽¹³⁸⁾ o turbata anima mia?

私には、真剣な愛は不幸なのかしら？
お前、どうするの？ おお、私のかき乱された心よ。

Null'uomo⁽¹³⁹⁾ ancora t'accendeva⁽¹⁴⁰⁾ O gioia
Ch'io non conobbi, essere amata amando⁽¹⁴¹⁾!...

これまで殿方がお前を燃え上がらせたことはなかったのに…
私が知らなかった喜びよ、愛し愛されることは！…　おお、

E sdegnarla⁽¹⁴²⁾ poss'io⁽¹⁴³⁾
Per l'aride follie del viver⁽¹⁴⁴⁾ mio?

私は、その喜びを蔑むことができるのかしら？
私の生き方の無味乾燥な狂気さのために。⁽¹⁴⁵⁾

Ah,⁽¹⁴⁶⁾ fors'è lui che l'anima
Solinga⁽¹⁴⁷⁾ ne' tumulti⁽¹⁴⁸⁾
Godea⁽¹⁴⁹⁾ sovente pingere⁽¹⁵⁰⁾
De' suoi colori occulti⁽¹⁵¹⁾!...

ああ、たぶん彼（の姿）だったのよ、
苦悩の中で孤立している私の魂が
自分の不思議な絵の具で
描写するのをよく楽しんでいたのは！…⁽¹⁵²⁾

(133)「scolpiti」は「刻まれた、彫刻された」。
(134)「accenti」は「言葉」。
(135)「saria」＝「essere」の直説法・未来・三人称単数「sarà」の古い形で、「～かしら？」。
(136)「sventura」は「不幸；不運」。
(137)「serio」は「真面目な」。
(138)「risolvi」は「決める；決心する」。
(139)「Null'uomo ～」は、「どんな男性も～でない」。
(140)「t'accndeva」は「お前を（＝私の心を）燃え上がらせた」。
(141)「essere amata amando」は「愛しながら愛されること」。
(142)「sdegnarla」は、「それ（la＝gioia＝喜び）を軽蔑する」。
(143)「poss'io」＝「posso io」。
(144)「viver(e)」は、名詞で「生活；生き方」。
(145) この文の最後には、「いや、そのような喜びを諦めることはできない」という答えが省略されていると思えばよい。
(146)「l. o.」では、「Ah」の次のコンマがない。
(147)「solingo」は、文語で「孤独な」。
(148)「tumulti」は「（精神的などの）激しい葛藤や対立」。
(149)「Godea」＝「godeva」。「楽しんでいた」。
(150)「pingere」＝「dipingere」。「描く」の詩語。
(151)「occulto」は「人の知らない、不可思議な」。
(152) 上の四句は、彼女が夢見ていた人は「彼なのだ」と悟ることを意味する。

Lui che modesto e vigile
All'egre soglie⁽¹⁵³⁾ ascese,⁽¹⁵⁴⁾
E nuova febbre accese,⁽¹⁵⁵⁾
Destandomi⁽¹⁵⁶⁾ all'amor.

彼なのよ、謙虚な態度で注意深く
病床に臥せた私の家の入り口まで上がってきて、
新しい熱を掻き立てて、
私を愛に目覚めさせたのは。

A quell'amor ch'è palpito
Dell'universo intero,
Misterïoso, altero,
Croce e delizia al cor.

全宇宙の鼓動であり、
神秘的で、誇りに溢れ、
心にとっては苦しみであり
同時に喜びであるような愛に。⁽¹⁵⁷⁾

A me fanciulla, un candido⁽¹⁵⁸⁾
E trepido desire⁽¹⁵⁹⁾
Quest'⁽¹⁶⁰⁾ effigiò⁽¹⁶¹⁾ dolcissimo
Signor dell'avvenire,⁽¹⁶²⁾

娘の私に、
汚れなくしかも不安が混じる(私の)願望を、
描いて見せてくださいましたのよ
この方、非常に優しい未来の主人になる方は、

---

(153)「egre soglie」とは、直訳すると「病の家の入り口」で、「私が病で臥せっていたとき、家の入り口まで(上がってきて)」の意味。この句は、前に第1場でのガストーネの「貴女が病気だと知ったとき、彼は毎日心配してここにやって来て、貴女の容体を聴いていましたよ」の言葉を思い出せばよく分かる。彼女は誰かが容体を尋ねに来ていたことは知っていて、その親切な男に愛情を感じていたが、それが初めてアルフレードだと判明したのである。
(154)「ascese」は、「ascendere (登る)」の直説法・遠過去・三人称単数。
(155)「accese」は、「accendere ([火;灯火]をつける)」の直説法・遠過去・三人称単数。
(156)「Destandomi」は「私を目覚めさせ (destare) ながら」。
(157) この終わりに、前の句の最後の「目覚めさせたのは」を加えるとよく分る。
(158)「candido」は「無垢の;純粋な」。
(159)「desire」は男性名詞単数形の文語で、「願望;望み」。
(160)「Quest'」=「questi」は、文語で男性単数形の「この人;この方」。『I. o.』では「Questi」になっている。
(161)「effigiò」は、「effigiare ([姿を]描く)」の直説法・遠過去・三人称単数。
(162)「dolcissimo signore dell'avvenire (非常に優しい未来の主人)」は、「この方」の説明句で、若き日のヴィオレッタが将来の理想として描いていた男性像をアルフレードの中に見出しはじめていることを表わす。

Quando ne' ciel il raggio
Di sua beltà vedea,⁽¹⁶³⁾
E tutta me pascea⁽¹⁶⁴⁾
Di quel divino error.⁽¹⁶⁵⁾

　　この方の美しさが放つ光を
　　天に見たとき、
　　私の全身はあの崇高な間違い（である愛）で、
　　満たされておりました。

Sentia⁽¹⁶⁶⁾ che amore è palpito
Dell'universo intero,
Misterïoso, altero,
Croce e delizia al cor!

　　私は感じておりました、
　　愛が全宇宙の鼓動であり、
　　神秘的で、誇りに溢れ、
　　心にとっては苦しみであり、同時に喜びであることを！

(Resta concentrata un istante, poi dice:)
（一瞬思いにとらわれていたが、それから云う。）

Follie!... follie... delirio vano è questo!...⁽¹⁶⁷⁾

　　馬鹿げた考え！… 馬鹿げた考えだわ… 虚しい妄想よ、これ
　　　　　　　　　　　　　　　　　　　　　　　　　は！…

Povera donna, sola,
Abbandonata in questo
Popoloso deserto
Che appellano⁽¹⁶⁸⁾ Parigi,

　　私は哀れな女、たったひとり
　　見捨てられた女、
　　パリと人々が呼ぶ
　　人々が密集した砂漠の中に（見捨てられた女なの）、

---

(163)　「vedea」=「vedevo」。
(164)　「me pascea」=「mi pasceva」=「mi pascevo (di)」で、「～で身を養う」。ここでは「(愛に) 全身を満たされました」という意味。
(165)　「divino error(e) (崇高な過ち)」とは、「神に作られた人間が犯してしまう過ち」、つまり「愛」の意味。
(166)　「Sentia」=「Sentivo」の詩語。
(167)　『l. o.』には、この句の次に「In quai sogni mi perdo! (私はどんな夢の中に自分を見失うのか！)」という句があるが、音楽は付けられていない。
(168)　「appellano」は、文語で「(人々が) 呼ぶ；名付ける」。

Che spero or più?... Che far degg'io[169]!... Gioire,
Di voluttà nei vortici perire.[170]

今、私はこれ以上何を望んだらいいの？… 何をしなければ
　　　　　　　　└ならないの！… 楽しむことよ、
快楽の渦巻きの中で消えていくことよ。

Sempre libera degg'io
Folleggiar[171] di gioia in gioia,[172]

私はいつも自由で、喜びから喜びへと
遊びほうけていなければならないのよ、

Vo'[173] che scorra il viver mio[174]
Pei sentieri del piacer.[175]

私は望んでいるのよ、私の人生が
快楽の小道を走り回ることを。

Nasca il giorno, o il giorno muoia,
Sempre lieta ne' ritrovi[176] [177]

日が昇ろうと日が沈もうとかまわない、
私は集いの場所でいつも楽しくしていて、

A diletti sempre nuovi
Dee[178] volare il mio pensier.[179]

新しい喜びをいつも求めて
飛んでいなければならないのよ、私の思いは。

(Entra a sinistra.)

（下手に入る。）

Fine del Primo Atto　第１幕　終

（169）「degg'io」＝「deggio io」＝「devo io」。
（170）『l. o.』では、この句の終わりの「perire（消える）」が「finire（終わる）」になっている。
（171）第二句の初めの「Folleggiare」には、「狂気じみたことをする」のほか、「遊び呆ける」という意味もある。また、『l. o.』では、ここは「Trasvolare（楽しいことから楽しいことへと）飛んでいく」となっている。
（172）「di gioia in gioia」は「楽しみ（喜び）から楽しみ（喜び）へと」。
（173）「Vo'」＝「voglio」の省略形。
（174）「il viver(e) mio」とは、「私の生き方（生活）；私の存在（人生）」。
（175）この二句は『l. o.』ではだいぶ違っていて、次のようになっている。
　　　Perché ignoto al viver mio　　どんな快楽であれ、私の人生にとって
　　　Nulla passi del piacer.　　　知らないで通り過ぎるものがないように。
（176）「ritrovi」は「パーティーなど、楽しい集まりの場所」。
（177）『l. o.』では、二句目は以下のようになっている。
　　　Sempre me la stessa trovi　　（日が）いつも同じ私を見い出すように
（178）「dee（＝deve）volare」は、「飛んでいなければならない」ということ。
（179）『l. o.』では次のようになっている。
　　　Le dolcezze a me rinnovi,　　楽しみは、私にとり常に新しくなるように、
　　　Ma non muti il mio pensier.　だが、私の考えは変わることのないように。

第2幕
ATTO SECONDO

ATTO SECONDO
第 2 幕[1]

Casa di campagna presso Parigi. Salotto terreno. Nel fondo in faccia agli spettatori, è un camino, sopra il quale uno specchio ed un orologio, fra due porte chiuse da cristalli che mettono ad un giardino. Al primo piano,[2] due altre porte, una di fronte all'altra. Sedie, tavolini, qualche libro, l'occorrente per scrivere.

パリに近い田舎の家。一階の客間。
観客正面の奥の方に暖炉があり、その上に鏡と時計が置いてある。
暖炉の両側には庭に通じる扉があるが、ガラス戸は閉っている。
舞台前面の左右に互いに向きあって扉がある。
いくつかの椅子、小テーブル、数冊の本、筆記用具など。

Scena Prima　第 1 景

(Alfredo entra in costume da caccia.) [3]

（アルフレードが狩猟用の服を着て入ってくる。）

ALFREDO　*(deponendo il fucile)*
アルフレード　Lunge[4] da lei per me non v'ha[5] diletto!

　　　　　　（猟銃を置きながら）
　　　　　　彼女と離れていると僕はちっとも楽しくない！

---

(1) 第 2 幕は、第 1 幕の舞台から約五か月が経過した翌年の一月頃に繰り広げられる。
(2) 「primo piano」は、舞台用語では一般的な「二階」の意味ではなく、「舞台前面」のこと。『l. o.』には「primo panno（舞台前面の一番前の仕切り幕）」とあり、これまで「piano」のミスプリントと考えられたこともあった。結局、意味はたいして違わない。
(3) 『l. o.』では、このト書きは第一句のあとに書かれている。
(4) 「lunge（＝lontano）da lei」は「彼女から遠くにいると」。
(5) 「non v'ha」＝「non c'è」で、「ない」、つまり「（楽しみが）ない」。

Volaron già tre lune⁽⁶⁾
Dacché⁽⁷⁾ la mia Violetta
Agi per me lasciò, dovizie, onori,⁽⁸⁾
E le pompose feste

 すでに三か月が飛ぶように過ぎてしまった、
 僕のヴィオレッタが僕のために
 安楽も、富みも、名誉も、
 華やかなパーティーも捨ててから、

Ove,⁽⁹⁾ agli omaggi⁽¹⁰⁾ avvezza,
Vedea⁽¹¹⁾ schiavo ciascun di sua bellezza.⁽¹²⁾

 そこでは人に褒めそやされるのに慣れ、
 どの男も彼女の美しさの虜になっているのを眺めていたのに…

Ed or contenta in questi ameni luoghi
Tutto scorda⁽¹³⁾ per me.

 そして今は、彼女は景色の美しいこの場所に満足し、
 僕のためにすべてを忘れている。

       Qui presso a lei⁽¹⁴⁾
Io rinascer mi sento,
E dal soffio d'amor rigenerato⁽¹⁵⁾
Scordo ne' gaudi suoi⁽¹⁶⁾ tutto il passato.

      ここで、彼女のそばにいると
 僕は生まれ変わるのを感じ、
 愛の息吹によって新たな生命を受け、
 幸福そうな彼女を見ていると過去をすべて忘れてしまう。

---

(6)「lune」は「luna（天体の月）」の複数。「luna」は「月が地球の周りを回る期間」、つまり「約一か月」の俗語でもあるが、特に「幸福な期間」の意味でも使われる。また、ここでの「三か月」とは算術的に第1幕からただちに三か月が経ったと考えてはならない。「（パリでの生活をたたんだ後、少し経ってから）ここに来て三か月が経った」と解釈すべきである。

(7)「Dacché」は「～から；～以来」。

(8) onori（名誉）は、『Spart.』では「amori（色恋沙汰）」となっていて、実際には「amori」と歌われるのが普通。ここでは「Agi, dovizie, onori e le pompose feste」はすべて「lasciò（〔彼女は〕捨てた）」の目的語。

(9)「ove」は前の「パーティー」を受けて、「そこ（＝パーティー）では」。

(10)「omaggi」は「恭しい言葉」、つまり「美辞麗句」に慣れ（avvezza）てということ。

(11)「vedea」＝「vedeva」で、「見ていた」。

(12) この句は、直訳すると「彼女は、どの男（ciascuno）も彼女の美しさの奴隷であるのを見てきた」。

(13)『l. o.』では、「Tutto scorda（彼女はすべて〔tutto〕を忘れている）」の代わりに、「Solo esiste（〔僕のためだけに〕存在している）」となっている。

(14)「qui presso di lei」は「ここで、彼女のそばに（いると）」。

(15)「rigenerato」は「再生された」。ここでは「dal soffio d'amore（愛の息吹）で」生まれ変わったということ。

(16)「ne'（＝nei) gaudi suoi（彼女の喜びの内に）」とは「喜びの中にいる彼女を見ていると」という意味。

De' miei bollenti spiriti
Il giovanile ardore
Ella temprò⁽¹⁷⁾ col placido
Sorriso dell'amore!

僕の滾(たぎ)る魂の
若い情熱を
彼女は愛の穏やかな微笑(ほほえ)みで
和らげてくれたのだった！

Dal dì che disse: vivere
Io voglio a te fedel,
Dell'universo⁽¹⁸⁾ immemore⁽¹⁹⁾
Io vivo⁽²⁰⁾ quasi in ciel.⁽²¹⁾

彼女が、「私は貴方(あなた)に忠実に
生きたい」と言った日から、
あらゆることを忘れ、
まるで天国で暮らしているようだ。

Scena Seconda　第2景

(Detto⁽²²⁾ ed Annina in arnese⁽²³⁾ da viaggio.)
(前出の人物と旅装をしたアンニーナ。)

ALFREDO
アルフレード
Annina, donde⁽²⁴⁾ vieni?
アンニーナ、どこへ行っていたんだ？

ANNINA
アンニーナ
　　　　　　Da Parigi.
　　　　　　パリでございます。

ALFREDO
アルフレード
Chi tel⁽²⁵⁾ commise?
誰がそれをお前に言い付けたんだ？

ANNINA
アンニーナ
　　　　　　Fu la mia signora.
　　　　　　奥様でございます。

---

(17) 「temprare」=「temperare」で、「和らげる」。
(18) 「universo（宇宙）」とは、ここでは「存在するすべて」。
(19) 「immemore di ～」は「～を忘れて」。
(20) 『l. o.』では、最後の句の「Io vivo」の代わりに「Mi credo（〔自分は天国にいると〕信じている）」になっている。
(21) 「quasi in cielo」は「ほとんど天に」、つまり、ここでは「まるで天国に」という意味。
(22) 「Detto」は「前述の；すでに登場した」で、「前出の者」のこと。ここではアルフレードを指す。
(23) 「arnese」は、古語で「衣服」。「in arnese da viaggio（旅装で）」。
(24) 「donde」=「da dove」。つまり、「どこから来た（帰ってきた）のか？」ということ。
(25) 「telo」=「te + lo」で、「お前にそれを」。

ALFREDO アルフレード	Perchê? なぜだね？
ANNINA アンニーナ	Per alienar[26] cavalli, cocchi,[27] E quanto[28] ancor possiede. 馬、馬車、それと、 まだお持ちになっているものを全部売り払うために。
ALFREDO アルフレード	Che mai sento![29] なんだって！
ANNINA アンニーナ	Lo spendio è grande a viver qui solinghi[30] ここでひっそりと暮らしていくには掛りが大変なのです…
ALFREDO アルフレード	E tacevi? そして、お前は黙っていたのだな？
ANNINA アンニーナ	Mi fu il silenzio imposto.[31] 口止めされていたのでございます。
ALFREDO アルフレード	Imposto!.[32] or v'abbisogna?... 口止めされただと！… で、今いくら必要なのだ？
ANNINA アンニーナ	Mille luigi.[33] チルイでございます。

---

(26)「alienar(e)」は、ここでは「売る；手放す」。
(27)「cavalli, cocchi」と複数形になっているので、「何頭もの馬、何台もの馬車」を所有していたことが分かる。
(28)「quanto（〜ところのすべて）」とは、「tutto ciò che（ancora possiede）（まだ所有している）すべてのもの」ということ。
(29) 直訳すると、「僕はいったいなんということを聞いているのか！」。
(30)「solinghi」は「solingo」の複数。文語で、「(人・場所が) ひっそりと離れて」。
(31)「imposto」は「課せられた」。「(私は沈黙を) 課せられていました」という意味。
(32)「Imposto!」は「課せられただと！」。『l. o.』では、「or (oraのトロンカメント形) (今；現在)」がないほか、「e v'abbisognan?」と動詞も複数形になっているが、意味は同じ。
(33)「luigi」はフランス語の「Louis (ルイ)」で、1640年ルイ13世時代に鋳造され、1795年まで通用した「ルイ金貨」のこと。ここでは、つまり、「千ルイ金貨分のお金」ということである。

ALFREDO アルフレード	Or vanne.⁽³⁴⁾ andrò⁽³⁵⁾ a Parigi. Questo colloquio ignori la signora.⁽³⁶⁾ Il tutto valgo a⁽³⁷⁾ riparare ancora.

もう行ってよい… 僕はパリに行ってこよう…
この会話は奥様に知られないように。
まだ、僕がすべてを解決することができる。

(Annina parte.)

（アンニーナ立ち去る。）

Scena Terza　第3景

(Alfredo solo.)

（アルフレード、ただ独り。）

ALFREDO アルフレード	O mio rimorso!⁽³⁸⁾ O infamia! Io vissi in tale errore!⁽³⁹⁾

おお、心が痛む！ おお、なんたる恥辱だろう！
僕がそんな過ちのうちに生きてきたとは！

Ma il turpe sonno a frangere
Il ver mi balenò.

だが、恥ずべき夢を破るために
真実が突然閃いて姿を見せてくれたのだ。

Per poco⁽⁴⁰⁾ in seno acquetati,⁽⁴¹⁾
O grido dell'onore;

わずかの間だけ胸の中で静かにしていてくれ、
おお、名誉の叫びよ。

---

(34)「vanne」=「vattene」。「andarsene（立ち去る）」の命令法・現在・二人称単数の古い形で、「行け；立ち去れ」。
(35)『l. o.』では、「Andrò」と初めが大文字になっている。
(36)「La signora ignori questo colloquio.」の構文で、「ignori」は「知らないように」を意味する接続法・現在・三人称単数形。
(37)「valgo (<valere) a ＋不定詞」は「私は〜する力がある」。ここでは「私にはまだすべて (il tutto) を元に戻すことができる」。
(38)「rimorso」は「(良心の) 呵責；後悔」。ここでは、「おお、なんという呵責の念 (にさいなまれるのか) ！」という意味。
(39)『l. o.』では、「Io」はなく、この句は「E vissi in tale errore!...」となっている。
(40)「Per poco」は「少しの間」。
(41)「acquetati」は、「acquetarsi (静かにしている)」の命令法・現在・二人称単数形。

M'avrai securo vindice;
Quest'onta laverò.⁽⁴²⁾⁽⁴³⁾⁽⁴⁴⁾

必ず僕はこの仇を返すから、
この恥を濯ぐから。

(Esce.)

（出ていく。）

Scena Quarta　第4景

(Violetta, ch'entra con alcune carte, parlando con Annina, poi Giuseppe a tempo.)

（ヴィオレッタが、いくつかの書類を持って、アンニーナと話しながら入ってくる。それからしばらくしてジュゼッペ。）

VIOLETTA ヴィオレッタ	Alfredo? アルフレードは？
ANNINA アンニーナ	Per Parigi or or partiva. たった今、パリにお発ちになりました。
VIOLETTA ヴィオレッタ	E tornerà? それで、帰ってくるのかしら？
ANNINA アンニーナ	Pria⁽⁴⁵⁾ che tramonti il giorno... Dirvel⁽⁴⁶⁾ m'impose... 日が沈む前には… 奥様にそうお伝えするようにお命じになりました…
VIOLETTA ヴィオレッタ	È strano! おかしいわね！
GIUSEPPE ジュゼッペ	*(presentandole una lettera)* Per voi... （一通の手紙を彼女に渡しながら） 貴女様宛てで…
VIOLETTA ヴィオレッタ	*(La prende.)* （受け取る。）

---

(42) 直訳すると、「（おお、名誉の叫びよ）お前は私を、確かな仇を討つもの（vindice）として持つであろう」。
(43) 「Laverò quest'onta.」の構文。「私はこの屈辱を洗い清めるだろう」。
(44) 『Spart.』では、第二句の最後に「Oh mio rossor!... Oh infamia!...（おお、顔が（恥ずかしくて）赤くなる！... おお、なんたる恥辱！...）」と続き、普通はこれも含めて歌われる。
(45) 「pria」は「prima」の古語、詩語で、「（日が沈む）前には」。
(46) 「dirvel」は「dire + ve (a voi) + lo」で、「貴女にそれを言うこと」。

	Sta bene. In breve Giungerà un uom d'affari.[47] entri all'istante. いいわ。もうすぐ お仕事の方がお見えになるので… すぐお通しして。
	(Annina e Giuseppe escono.) （アンニーナとジュゼッペが出ていく。）

Scena Quinta　第5景

(Violetta, quindi il signor Germont introdotto da Giuseppe che avanza due sedie e parte.)

（ヴィオレッタ、それから、ジュゼッペに案内されてくるジェルモン氏。ジュゼッペは椅子二脚を前の方に移し、再び出ていく。）

VIOLETTA ヴィオレッタ	*(leggendo la lettera)* [48] Ah, ah, scopriva Flora il mio ritiro[49]!... E m'invita a danzar per questa sera! Invan[50] m'aspetterà... （手紙を読んで） ほっほっほ！　フローラが私の隠れ家を見つけたわ！… そして、今夜、私を踊りに招待しているの！ 待っていたって無駄なのに…
	(Getta il foglio sul tavolino e siede.) （手紙をサイドテーブルの上に投げ、座る。）
GIUSEPPE ジュゼッペ	È qui un signore.[51] こちらに男の方が…
VIOLETTA ヴィオレッタ	Ah! sarà lui che attendo. ああ、私がお待ちしていた人でしょう。
	(Accenna a Giuseppe d'introdurlo.) （ジュゼッペに案内してくるよう合図する。）
GERMONT ジェルモン	Madamigella[52] Valery? ヴァレリー嬢で？

(47)「affari」は「ビジネス」のこと。ここでの「uomo d'affari」とは「家財などの売買の交渉相手」のことであることが想像できる。
(48)『Spart.』では、このト書きが「Violetta apre la lettera. (ヴィオレッタは手紙を開く)」になっている。
(49)「ritiro」は、ここでは「ひっそりと人々から離れて暮らす場所」。
(50)「invano」は「空しく（私を待つであろう）」。
(51)『I. o.』では、「Giunse un signore... (男の方がいらっしゃいました…)」。
(52)「madamigella」はフランス語の「mademoiselle」のイタリア語直訳の言葉。仏語「ma」=伊語「mia」と仏語「demoiselle」=伊語「damigella」の合成というわけである。今では普通は使われない。

VIOLETTA ヴィオレッタ	Son io. 私ですが。
GERMONT ジェルモン	D'Alfredo il padre in me vedete!⁽⁵³⁾ ⁽⁵⁴⁾ 私はアルフレードの父親です！
VIOLETTA ヴィオレッタ	*(Sorpresa, gli accenna di sedere.)* （驚いて、腰を掛けるように手ですすめる。） Voi! 貴方様が！⁽⁵⁵⁾
GERMONT ジェルモン	*(sedendo)* Sì, dell'incauto,⁽⁵⁶⁾ che ruina⁽⁵⁷⁾ corre, Ammaliato da voi. （座りながら） そうです。貴女に魅せられて、 破滅に向かって走っている浅はかな者の（父親です）。⁽⁵⁸⁾
VIOLETTA ヴィオレッタ	*(alzandosi risentita)* Donna son io, signore, ed in mia casa; Ch'io vi lasci assentite,⁽⁵⁹⁾ Più per voi che per me. *(per uscire)* （むっとして立ち上がる） 貴方様、私は女性です。また、ここは私の家の中です。 私が貴方様をここに残していくことをお許しください、 それは私のためというより貴方様のために。 （出ていこうとする）
GERMONT ジェルモン	(Quai⁽⁶⁰⁾ modi!) Pure... （なんという振る舞いだ！）それでも…

---

(53)『l. o.』には感嘆符がない。
(54) 直訳は、「貴女はわたしの内にアルフレードの父親を見出します」。
(55) ヴィオレッタは自分の持ち物を売るための交渉相手が来たのかと思ったら、思いがけずもアルフレードの父親が現われたので、非常に驚いている。
(56)「incauto」は「思慮のない者；用心しない者」。
(57)『l. o.』では「rovina」で、意味は同じ「破滅」だが、「ruina」の方が詩的。
(58) ここからは、息子について充分知りもせず、ヴィオレッタに非常に無礼な言葉を言い放つアルフレードの父親の田舎紳士ぶりがでている。
(59)「assentire」は「同意する」。「Assentite che io vi lasci.」の構文で、直訳すると、「私が貴方を残す（＝lasci）ことに同意してください」。
(60)「quai」は「quali」の詩語で、感嘆詞「なんという」。

VIOLETTA ヴィオレッタ	Tratto in error[61] voi foste. 貴方様は誤解なさっておられるようですわね…	

(Torna a sedere.)
(戻ってきて座る。)

GERMONT ジェルモン	De' suoi beni[62] Dono vuol farvi... 　　　　　　　　　　　　　　彼は自分の財産を 貴女に贈ろうとしているが…	

VIOLETTA ヴィオレッタ	Non l'osò[63] finora... Rifiuterei.[64] 　　　　　　　　　彼は今までそんなことはなさろうとしま 今も私はお断りいたしましょうに。　└せんでしたし…	

GERMONT ジェルモン	*(guardandosi intorno)*[65] Pur tanto lusso... （あたりを見回して） それでも大変な贅沢を…	

VIOLETTA ヴィオレッタ	A tutti È mistero[66] quest'atto... A voi nol sia.[67] 　　　　　　　　　　　　皆はこの書類のことは知らないのですが… 貴方はそうではありませんように…	

(Gli dà le carte.)
（彼に書類を渡す。）

---

(61)「essere tratto in errore」は「間違いに引き入れられる」。つまり「間違える」。
(62)「beni」は「財産」。「fare dono di（A）a（B）」で「BにAを贈る」。
(63)「osare」は「あえて〜する」。
(64)「Rifiuterei」と条件法であるのは、「たとえ彼がそんな申し出をしてくれたとしても」の仮定文が省略されていると考えればよい。
(65)「l. o.」にはこのト書きはなく、句の最後も「Pur tanto lusso?」と疑問符が付いている。
(66)「mistero」には「神秘；秘密」のほか、「隠してあること（＝知らないこと）」の意味がある。
(67)「A voi nol sia」＝「A voi non lo sia」で、直訳すると、「（この書類が）貴方にとって知らないことではありませんように」、つまり「貴方はこの書類の内容をよく分かってくださいますように」の意味。また、このように売買契約書などを見せて、金銭的・実務的に問題を証明するやり方は、当時のdemi-monde（デュマ・フィスが作った言葉で、「高級娼婦界」）での一種のしきたりであり、ヴィオレッタの前身を示すものといえる。

第2幕

GERMONT
ジェルモン

(dopo averle scorse[68] *coll'occhio)*
Ciel! che discopro! D'ogni vostro avere
Or volete spogliarvi[69]?
Ah, il passato perché, perché v'accusa?

（書類にすばやく目を通してから）

ああ！ 私はなんということを知ったのだろう！ 今、貴女は全財産を手放そうとなさるのですか？
ああ、過去は、なぜ、なぜ貴女を責めるのでしょう？

VIOLETTA
ヴィオレッタ

(con entusiasmo)
Più non esiste... or amo Alfredo, e Dio
Lo cancellò col pentimento mio.

（熱意を込めて）

もう、神様ももう存在いたしません[70] … 今、私はアルフレードを愛して私の後悔の念でそれをお消しくださいました。

GERMONT
ジェルモン

Nobili sensi[71] invero[72]!

実に高貴なお心掛けだ！

VIOLETTA
ヴィオレッタ

Oh, come dolce
Mi suona il vostro accento[73]!

おお、なんと優しく
私には響くのでしょう、貴方様のお言葉は！

GERMONT
ジェルモン

(alzandosi)
Ed a tai[74] sensi
Un sacrificio[75] chieggo[76]

（立ち上がりながら）

そのお心掛けにたいして
私は一つ犠牲をお願いいたします…

---

(68)「scorse (＜scorrere) coll'occhio」は「素早く（目）で読む」。
(69)「spogliarisi di 〜」は「〜を身から剝がす」。「avere」は「財産」。
(70) うしろに「そんな過去は」と補ってみると意味がはっきりする。後の「それ (lo)」も、同じく「そんな過去は」のこと。
(71)「sensi」=「sentimenti」で、ここでは「感情；気持ち」。
(72)「invero」は、文語で「本当に；実に」。
(73)「accento」は、ここでは「言葉」。
(74)「tai」は「tali」の文語形。「そのような（お気持ちに）」。
(75)「sacrificio」=「sacrifizio」で、「犠牲」。
(76)「chieggo」は「chiedo」の古い形で、「私は求める」。

| | **VIOLETTA**
ヴィオレッタ | *(alzandosi)*
　　　　　　　　　　　　Ah no, tacete...
Terribil cosa chiedereste certo... |

(立ち上がりながら)

　　　　　　　　　　　　　　　ああ、だめです、お話にならない
恐ろしいことをお求めなさいます、確実に…　　└で…

Il previdi,[77] v'attesi... era felice
Troppo...

こうなるものと思っておりました… 貴方様を待っておりま
幸福すぎたのです…　　　　　　　└した… あまりにも

| | **GERMONT**
ジェルモン | 　　　　　　D'Alfredo il padre
La sorte, l'avvenir[78] domanda or qui
De' suoi due figli. |

　　　　　アルフレードの父親は
今、ここで、運命と未来をお願いしているのです、
自分の二人の子の。[79]

| | **VIOLETTA**
ヴィオレッタ | 　　　　　　　　Di due figli! |

　　　　　　二人のお子様の！

| | **GERMONT**
ジェルモン | 　　　　　　　　　　　Sì.
Pura siccome[80] un angelo
Iddio mi die' una figlia; |

　　　　　　　　　　　　そうです。
神は天使のように清らかな
娘を私にお与えくださった。

Se Alfredo nega riedere[81]
In seno[82] alla famiglia,

　もしアルフレードが戻ってくることを拒否するなら
家族の懐に戻ることを、

L'amato e amante[83] giovane,
Cui[84] sposa andar dovea,[85]

　　(娘が) そこに嫁に行くことになっている、
愛され愛している若者は、

---

(77)「Il previdi」=「Lo previdi」で、「私はそれ (lo) を予期していた」。
(78)「La sorte, l'avvenire」は「運命と未来」。
(79) ここから以降も、自分の子供のことしか考えない、利己的な父親の気持ちをよく表わしている。
(80)「siccome」=「come」。「〜のような」の文語形。
(81)「riedere」は、文語で「帰る：戻る」。
(82)「in seno di 〜」は「〜の懐に」。
(83)「amato ([娘に] 愛され) e amante ([娘を] 愛す)」で、両方とも「giovane (若者)」に掛る形容詞。
(84)「cui」=「a cui」で、「そこに (=彼のところに)」。「andare sposa」は「嫁にいく」。
(85)「dovea」=「doveva」。「(嫁にいく) はず；に違いない」。

> Or si ricusa al⁽⁸⁶⁾ vincolo⁽⁸⁷⁾
> Che lieti ne⁽⁸⁸⁾ rendea...

あの約束を拒否するのです
私たちを喜ばせていた(あの約束を)…

> Deh, non mutate in triboli⁽⁸⁹⁾
> Le rose dell'amor.

お願いします、貴女が茨に変えないように
愛の薔薇の花を。

> Ai preghi⁽⁹⁰⁾ miei resistere⁽⁹¹⁾
> Non voglia⁽⁹²⁾ il vostro cor.

私の願いに抵抗することを
貴女のお心が望みませんように。

VIOLETTA / ヴィオレッタ
Ah, comprendo... dovrò per alcun tempo
Da Alfredo allontanarmi... doloroso
Fora⁽⁹³⁾ per me... pur...

分かりました… 少しのあいだアルフレードから
私は遠ざからなければなりませんのね… 苦しいことでしょ
私には… でも… └うが

GERMONT / ジェルモン
Non è ciò che chiedo.

それは私がお願いしているものでは
└ありません。

VIOLETTA / ヴィオレッタ
Cielo,⁽⁹⁴⁾ che più cercate?... offersi⁽⁹⁵⁾ assai!

まあ、これ以上お求めですか？… 私がこんなに譲歩いたしま
└したのに！

GERMONT / ジェルモン
Pur⁽⁹⁶⁾ non basta...

それでも、まだ十分ではないのです…

---

(86)「ricusarsi a 〜」は「〜を断る；拒否する」。
(87)「vincolo」は「絆；義務；約束」。ここでは「結婚の約束」。
(88)「ne」=「ci」で「我々を」。「rendea」=「rendeva」で「(幸福に) させた」。
(89)「triboli」は、文語で「茨」。
(90)「prieghi」は「priego」の複数形で、「祈り」の文語。
(91)「resistere a 〜」は「〜に抵抗する；刃向かう」。
(92)「Non voglia」は接続法・現在・三人称単数で、「(貴女の心が) 〜を望みませんように」との願望を表わす。
(93)「fora」は「essere」の条件法・現在・三人称単数で、「sarebbe」の古い形。ここでは「〜でしょうが」の意味。
(94)「Cielo」は驚きを表わしている。「天よ、何ということでしょう」との意味。
(95)「offersi」は「offrire」の直説法・遠過去・一人称単数で、「私は大変 (assai) 多くを提供しました (のに)」。
(96)「Pur(e)」は「それでも；しかし」。

VIOLETTA ヴィオレッタ	Volete che per sempre A lui rinunzi?[97] 　　　貴方様はお望みなのですか、永久に 私が彼を諦めるように？
GERMONT ジェルモン	È d'uopo![98] 　　それが必要なのです！
VIOLETTA ヴィオレッタ	Ah, no... giammai! Non sapete quale affetto Vivo, immenso m'arda in petto? 　　　　　ああ、だめです… 絶対に！ ご存じないのですね？（彼にたいして）どんなに激しく 限りない愛情が私の胸に燃え上がっているかを。

Che né amici, né parenti
Io non conto[99] tra i viventi?

　　私がこの世に生きているものの中に
友人も身内もおりませんことを？

E che Alfredo m'ha giurato
Che in lui tutto[100] io troverò?

　　アルフレードは私が彼の中にこうしたものすべてを
見出せると誓ってくれましたことを？

Non sapete che colpita
D'atro morbo[101] è la mia vita?

　　ご存じないのですね？ 私の生命（いのち）が侵されているのを
残酷な病魔に？

Che già presso[102] il fin[103] ne[104] vedo?

　　私がすでに身近に生命の最後を見ておりますのを？[105]

Ch'io mi separi[106] da Alfredo?

　　（それでも）私がアルフレードと別れるようにと（お望みですか）？

(97)「rinunzi」は、接続法・現在・一人称単数の「rinunci（私が諦めるように）」の文語形。
(98)「essere d'uopo」=「essere necessario」。「必要である」。
(99) ここでの「non conto」は、「non ho」とほぼ同じで、「私は持っていない」という意味。
(100)「tutto」は「友人の役割でも身内の役割でもすべてを（引き受けてくれると）」という意味。
(101)「atro morbo」=「malattia crudele」。「残酷な病」。
(102)「presso」は「近くに」。
(103)「il fine」=「la fine」。「終わり」。
(104)「ne」は「命の」。
(105) ヴィオレッタが自分の身体が病魔（肺病）に冒され、すでに余命が長くないことを知っていることが分かる。
(106)「mi separi」は接続法・現在・二人称単数で、「貴方は（私が離れるように）お望みなのですね」の主文が隠されていると思えばよい。

	Ah, il supplizio è sì spietato,
	Che(107) morir preferirò.(108)

この責め苦はあまりにも無慈悲で、
私はむしろ死んだ方がいいですわ。

GERMONT
ジェルモン

È grave(109) il sacrifizio,
Ma pur tranquilla udite...

犠牲は非常に苦しいものです、
だが、どうか気をお静めになってお聞きください…

Bella voi siete e giovane...
Col tempo...

貴女は（今はまだ）美しくてお若い…
（だが、）時が経てば…

VIOLETTA
ヴィオレッタ

Ah, più non dite...
V'intendo... m'è impossibile...
Lui solo amar vogl'io.(110)

ああ、それ以上はおっしゃらないでください…
貴方様のおっしゃることは分かります…（でも）私には不可能です…
私は彼しか愛しません。

GERMONT
ジェルモン

Sia pure... ma volubile(111)
Sovente è l'uom...

そうかもしれませんが… だが、移り気なのですぞ
しばしば男というものは…

VIOLETTA
ヴィオレッタ

(colpita)

Gran(112) Dio!

（衝撃を受けて）

おお、神様！

GERMONT
ジェルモン

Un dì, quando le veneri(113)
Il tempo avrà fugate,

いつの日か、美しさや若さを
時が逃してしまったとき

---

(107)「sì」=「così」。つまり「così (A) che (B)」の構文で、「あまりにAでBである」。
(108)「preferirò morir(e)」は「私はむしろ死を選ぶだろう」。
(109)「grave」は「重い；骨が折れる；苦しい」。
(110)「vogl'io」=「voglio io」で、この一行は「io voglio amare solo lui.」と同意。
(111)「volubile」は「移り気の；浮気の」。
(112)「Gran Dio」の「grande」には「偉大なる」のような意味はなく、「Buon Dio」などと同じだが、やや「おお神様」の意味が強くなる。
(113)「veneri」は「Venere（美と若さの女神ヴィーナス）」の複数形で、「美しさ；優雅さ；若さ」などの意。ここでは、「時が経って、貴女の美しさや若さが衰えたとき」という意味で用いている。

Fia⁽¹¹⁴⁾ presto il tedio⁽¹¹⁵⁾ a sorgere...
Che sarà allor?... pensate...

早いものでしょうよ、倦怠が頭をもたげるのは…
その時はどうなるでしょう？… お考えください…

Per voi non avran balsamo⁽¹¹⁶⁾
I più soavi affetti!

貴女にとって、癒しとはならんでしょうな
そのような最高のかぐわしい愛情は！

Poiché dal ciel non furono
Tai⁽¹¹⁷⁾ nodi benedetti.⁽¹¹⁸⁾

というのは、天から祝福されていないからです
そういう結びつきは…

VIOLETTA
ヴィオレッタ

È vero!

本当ですわ！

GERMONT
ジェルモン

Ah, dunque sperdasi⁽¹¹⁹⁾
Tal sogno seduttore.⁽¹²⁰⁾

ああ、それならお捨てになることですね
そのような惑わせるような夢は…

Siate⁽¹²¹⁾ di mia famiglia
L'angiol consolatore...

そして、貴女が私の家族の
慰めの天使におなりになるように…

Violetta, deh,⁽¹²²⁾ pensateci,⁽¹²³⁾
Ne siete in tempo ancor.⁽¹²⁴⁾

ヴィオレッタさん、お願いです、お考えください
まだ、貴女は間に合うのですから…

---

(114)「fia」は、「essere」の直説法・未来・三人称単数の「sarà」の古い形。
(115)「tedio」は「倦怠；嫌気」。
(116)「balsamo」は「樹脂から取った香油」の意味から、「(苦しみや痛みなどの) 慰め；癒すもの」の意味にも使われる。
(117)「tai nodi」＝「tali nodi」。「(貴女方のような) そうした (正式でない) 関係」。
(118) 最後の二行は、「non furono benedetti dal cielo」の受け身の構文。
(119)「sperdasi」＝「si sperda」。「sperdere (捨て去る；消し去る)」の接続法・現在・三人称単数で、「(そのような惑わす夢は) 捨てられるように」。
(120)「seduttore」は「人を誘惑するような」。
(121)「Siate」は「essere」の接続法・現在・二人称複数で、「貴女が〜であるように」との願望を表わす。
(122)「deh」は祈願・依頼の感嘆詞。
(123)「pensateci」の「ci (＝a ciò)」は、「そのことについて」。
(124)「Ne siete in tempo ancora.」は「貴女はまだそのことに (＝ne) 間に合う」。

	È Dio che ispira, o giovine Tai[(125)] detti a un genitor. 神様なのですよ、おお、お若いご婦人よ、 この父親にそのような言葉を示唆くださるのは。
VIOLETTA ヴィオレッタ	*(con estremo dolore)* (Così alla miseria[(126)] – ch'è un dì[(127)] caduta, Di più risorgere – speranza è muta![(128)] （このうえない苦しみを浮かべ） （このように、一度堕ちた哀れな女には 再び立ち上がる希望は聞こえないのだわ！
	Se pur benefico – le indulga Iddio,[(129)] L'uomo implacabile[(130)] – per lei sarà.) たとえ、情け深い神様が彼女に温情的であられても、 人は容赦ないのだわ、．そのような女にたいしては。）
	(a Germont, piangendo) Dite alla giovine – sì bella e pura Ch'avvi[(131)] una vittima – della sventura, （ジェルモンにむかって泣きながら） おっしゃってください、非常に美しく清らかなお嬢様に、 不幸の犠牲者が一人おりまして、
	Cui[(132)] resta un unico – raggio di bene... Che a lei il[(133)] sacrifica – e che morrà! その者には、ただひとすじの幸福の光しか残されていないの お嬢様のためにそれを犠牲にして死にますと！　　└に…
GERMONT ジェルモン	Sì, piangi, o misera... – supremo,[(134)] il[(135)] veggo,[(136)] È il sacrificio – ch'ora ti chieggo.[(137)] そうだ、泣くがよい、気の毒な娘が… 非常に大きい ことは分かっている、今私が貴女に求めている犠牲が。

---

(125)「tai」=「tali」。「そのような」。
(126)「alla miseria」は「惨めな女性に」。
(127)「un dì」は「(過去の) いつの日か」とか「(昔、) 一度だけでも」の意。
(128)「speranza è muta」は「希望は口をきいてくれない」との意味。
(129)「Se pur le indulga Iddio benefico.」で、「たとえ慈悲深い神様が寛大であろうとも」。
(130)「implacabile」は「容赦ない；厳しい」。
(131)「avvi」=「c'è」。
(132)「cui」=「a cui」で、前の文の最後の「不幸の犠牲者」を受け、「その者には」。
(133)「il」=「lo」。「それを」、つまり「ひとすじの幸福の光を」。
(134)「supremo」は「最高の；非常に大きな」。
(135)「il」=「lo」。「それを」、つまり「大きな犠牲を」。
(136)「veggo」=「vedo」。「私は見る；分かる」。
(137)「chieggo」=「chiedo」。「私が求めている」。

Sento nell'anima - già le tue pene;
Coraggio... e il nobile - cor vincerà.

私には自分の魂の中に貴女の苦しみが感じられる。
勇気を出すのです… 貴女の気高い心は勝ちますから。

(Silenzio.)

(沈黙する。)

VIOLETTA
ヴィオレッタ
Or imponete.[138]

さあ、お命じください。

GERMONT
ジェルモン
Non amarlo ditegli.

彼を愛していないと彼に言うのです。

VIOLETTA
ヴィオレッタ
Nol[139] crederà.

彼はそんなことを信じませんわ。

GERMONT
ジェルモン
Partite.

(それなら) 出発するのです。

VIOLETTA
ヴィオレッタ
Seguirammi.[140]

彼は私の後を追ってまいりますわ。

GERMONT
ジェルモン
Allor...

そのときは…

VIOLETTA
ヴィオレッタ
Qual[141] figlia m'abbracciate... forte
Così sarò.[142]

娘として私を抱擁してください… これで
強くなれますわ。

(S'abbracciano.)

(抱擁しあう。)

Tra breve[143] ei[144] vi fia reso,[145]
Ma afflitto oltre ogni dire.[146]

じきにあの人は貴方様の許に帰るでしょう、
しかし言葉では言い尽くせないほど苦しんで。

(138)「imponete」は「課す；命じる」。
(139)「nol」=「non lo」。
(140)「seguirammi」=「mi seguirà」。
(141)「qual」=「quale」=「come」「〜として」。
(142)「Così sarò forte」「これで (così)、強くなれますでしょう」。
(143)「tra breve」は「まもなく；じきに」。
(144)「ei」=「egli」の古い形。
(145)「vi fia reso」=「vi sarà reso」。「(彼は) 貴方に返されるでしょう」。
(146)「oltre ogni dire」は「どんな言葉でも言い表わされないほど」。

A suo conforto⁽¹⁴⁷⁾
Di colà⁽¹⁴⁸⁾ volerete.⁽¹⁴⁹⁾

あの人を慰めるために
あちらにすぐ飛んで行ってくださいませ。

(Indicandogli il giardino, va per scrivere.)

（彼に庭を指し示しながら、手紙を書きに行く。）

GERMONT
ジェルモン

Che pensate?

何を考えておられる？

VIOLETTA
ヴィオレッタ

Sapendol,⁽¹⁵⁰⁾ v'opporreste al⁽¹⁵¹⁾ pensier mio.

それをお知りになったら、貴方様は反対なさいますわ、私の考えに。

GERMONT
ジェルモン

Generosa!... e per voi che far poss'io?⁽¹⁵²⁾

寛大な女性だ！… 貴女のために私に何かできますかな？

VIOLETTA
ヴィオレッタ

(tornando a lui)
Morrò!... la mia memoria
Non fia ch'ei maledica,⁽¹⁵³⁾

（彼の方に戻りながら）
私は死にます！… 私の思い出を
彼が悪く言うことがありませんように、

Se le mie pene orribili
Vi sia chi almen gli dica.

もし、私の恐ろしい苦しみを　　（私はどんなに幸いなことか）。
せめて彼に話してくれるような人がありますならば

Conosca⁽¹⁵⁴⁾ il sacrifizio
Ch'io consumai d'amor...

あの人が、私が果たした
愛の犠牲を知ってくださるように…

---

(147)「a suo conforto」は「彼の慰めのために」。
(148)「di colà」は「あちらに」。
(149)「volerete」は「volare（飛ぶ）」の直説法・未来・二人称複数で、「貴方、飛ぶように早く行って上げてください」ということ。
(150)「sapendol」=「sapendolo」。「それ（lo）を知ったら」。
(151)「opporsi a ～」は「～に反対する」。
(152)「Che far poss'io?」=「Che posso fare io?」。
(153)「Non fia ch'ei maledica」=「Non sia che egli maledica（la mia memoria）」で、「maledire」は「悪く言う；悪口を言う」。
(154)「Conosca」は「彼が知ってくださるように」という、願望を表わす接続法・現在・三人称単数形。

	Che sarà suo fin l'ultimo Sospiro del mio cor.
	私の心の最後の吐息まで 彼のものだということを。(155)
GERMONT ジェルモン	No, generosa, vivere, E lieta voi dovrete,(156)
	いけません、心の優しい女性よ、(貴女は) 楽しく 生きなければなりません、
	Merce'(157) di queste lagrime(158) Dal cielo un giorno avrete;
	この涙のよい報酬を 天からいつの日か貴女はお受け取りになるでしょう。
	Premiato il sacrifizio Sarà del vostro amor。(159)
	褒美を受けるでしょう、貴女の愛の 犠牲は、
	D'un'opra(160) così nobile Sarete fiera(161) allor。(162)
	このように気高い行為を その時に、貴女は誇りに思うでしょうに。
VIOLETTA ヴィオレッタ	Qui giunge alcun!(163) partite!...
	ここに参ります誰かが！ お発ち下さい！…
GERMONT ジェルモン	Ah, grato(164) v'è(165) il cor mio!...
	ああ、貴女に感謝していますぞ、私の心は！…
VIOLETTA ヴィオレッタ	Non ci vedrem più forse...
	私たちはもう二度とお会いすることはありませんわね、恐らく…
	(S'abbracciano.)
	(互いに抱擁しあう。)

(155)「知ってくださるように」を最後に加えると分かりやすい。
(156)「Voi dovrete vivere lieta.」の構文。
(157)「merce'」は「mercede」の省略形で、「報い；褒美；報酬」。
(158)「lagrima」=「lacrima」「涙」。
(159)「Il sacrificio del vostro amore sarà premiato」の受け身の構文。
(160)「opra」=「opera」。ここでは「行為」。
(161)「essere fiero di 〜」は「〜を誇りに思う」。
(162)「allor(a) (その時は)」とは「天が貴女の犠牲を認めた時は」のこと。
(163)「alcun」は「alcuno」の古い使用法で、「人が」。
(164)「essere grato」は「感謝している」。
(165)「v'è」の「v'」は「vi」で、「貴女に」。

	(166) a 2	Siate felice... Addio!...
二人は互いに		お幸せでいらっしゃいますように… さようなら！…

(Germont[167] *esce per la porta del giardino.)*
（ジェルモンは庭の方の扉から出ていく。）

Scena Sesta　第6景

(Violetta, poi Annina, quindi Alfredo.)
（ヴィオレッタ、次いでアンニーナ、それからアルフレード。）

VIOLETTA ヴィオレッタ	Dammi[168] tu forza, o cielo! おお、神よ、私に力を与えたまえ！

(Siede, scrive, poi suona il campanello.)
（座って、手紙を書き終わると鈴を鳴らす。）

ANNINA アンニーナ	Mi richiedeste? お呼びになりましたか？
VIOLETTA ヴィオレッタ	Sì, reca tu stessa Questo foglio.[169] 　　　　　そうよ、貴女が自分で届けてね この手紙を…
ANNINA アンニーナ	*(Ne guarda la direzione e se ne mostra sorpresa.)* （その宛先を見てビックリした様子を見せる。）
VIOLETTA ヴィオレッタ	Silenzio... va all'istante 　　　　　黙っていて… すぐに行ってね。

(Annina parte.)
（アンニーナは発つ。）

Ed ora si scriva[170] a lui...
Che gli dirò? Chi men[171] darà il coraggio?
さあ、今度は彼に書かなければ…
なんと彼に言ったらいいのだろう？ 誰か私にその力を与え
　　　　　　　　　　　　　　└てくれる人はいないかしら？

---

(166)『Spart.』では、「Violetta e Germont」となっている。
(167)『l. o.』のト書きには、「Germont」の表記はなく、「Esce（出る）」で始まる。
(168)「Dammi」=「dà + mi（=a me）」。「天よ、私に与えておくれ」。神や天には二人称単数の「Tu」が使われる。
(169)「foglio」は「紙片」の意味のほか、「書かれたもの；手紙」の意味がある。
(170)「si scriva」は、非人称的な形の「彼に（=a lui）書くように」だが、ここでは「彼に書かなければ」でよい。
(171)「men」=「me ne」で、「私にそれについての（勇気を）」。

	(Scrive e poi suggella.)
	(手紙を書いて封印をする。)
ALFREDO アルフレード	*(entrando)* Che fai?
	(入ってきて) 君は何をしているんだい？
VIOLETTA ヴィオレッタ	*(nascondendo la lettera)* Nulla.
	(手紙を隠しながら) 何も。
ALFREDO アルフレード	Scrivevi? 手紙を書いていたんだね？
VIOLETTA ヴィオレッタ	*(confusa)* Sì... no...
	(狼狽して) そうよ… でも違うわ…
ALFREDO アルフレード	Qual turbamento!... a chi scrivevi? なんてうろたえているんだい！… 誰に書いていたの？
VIOLETTA ヴィオレッタ	A te... 貴方によ…
ALFREDO アルフレード	Dammi quel foglio. 僕によこしたまえ、その紙片を。
VIOLETTA ヴィオレッタ	No, per ora[172] だめよ、今は…
ALFREDO アルフレード	Mi perdona... son io preoccupato. 僕を許してくれ… 心配しているんだ。
VIOLETTA ヴィオレッタ	*(alzandosi)* Che fu?[173]
	(立ち上がりながら) どうしたの？
ALFREDO アルフレード	Giunse mio padre... 僕の父が着いたんだ…

(172)「per ora」は「今のところは」。
(173)『l. o.』では、「Che fu?」ではなく、「Che fu!!...」になっている。

VIOLETTA ヴィオレッタ		Lo vedesti? お会いになったの？
ALFREDO アルフレード	Ah no:[174] severo scritto mi lasciava... Però l'attendo, t'amerà in vederti.[175] いいや、僕に厳しい手紙を残していったんだ…「くれるよ。 だが、僕は父を待っている、(父は)君に会えば好きになって	
VIOLETTA ヴィオレッタ	*(molto agitata)* Ch'ei[176] qui non mi sorprenda.[177] Lascia[178] che m'allontani.[179] tu lo calma... (すっかり落ち着きを失って) 「ば… お父様がここで私に不意にお会いにならないようにしなけれ 私にこの場をはずさせてね… 貴方があの方を宥めてあげて └ね…	
	(mal frenando il pianto) Ai piedi suoi mi getterò... divisi Ei più non ne[180] vorrà... sarem felici... (嗚咽を抑えきれず) 「すなどと お父様の足下にひれ伏すわ…(そうすれば)私たちを別れさ お望みにならないわ…(そうすれば)私たちは幸福になれる └わよ…	
	Perché tu m'ami, Alfredo, non è vero?[181] だって、アルフレード、貴方が私を愛していてくださるから └よ、そうでしょ？	
ALFREDO アルフレード	Oh, quanto... Perché piangi? おお、どんなに(君を愛していること)か… でも、なぜ泣い └ているんだい？	

---

(174)『l. o.』では、「Ah, no:」ではなくて、「No, no,」となっている。
(175) 二行目も、『l. o.』では「Ma verrà... t'amerà solo in vederti. (だが、来るだろう… 君に会っただけで君を愛してくれるだろう。)」と違っているが、意味に大差はない。
(176)「Ch'ei」=「che egli」。以下の文は願望文。
(177)「sorprenda」は接続法・現在・三人称単数で、「不意に遭遇する」。
(178)「Lascia che ～(～をさせておいてください)」も最後の「lo calma (彼の気を静めてあげて)」も、アルフレードにたいする軽い命令。
(179)「che m' allontani」は接続法・現在・一人称単数で、「私が遠ざかるように (つまり、席を外すように)」。
(180)「ne」=「ci」で、この文は、「もう別れた私たちを望まないだろう」が直訳。
(181)「non è vero?」は肯定の答えを引き出す句で、「ね、そうでしょ？」。

VIOLETTA ヴィオレッタ	Di lagrime[182] avea[183] d'uopo...[184] or son tranquilla... *(sforzandosi)* [185]

涙を流したかったのよ… もう落ち着いたわ…
（無理に努力をして）

Lo[186] vedi?... ti sorrido...

お分かりでしょう？ 貴方に微笑んでいるのよ…

Sarò là, tra quei fior[187] presso a te sempre.

私は、あそこ、あのお花のあいだで、いつも貴方のおそばに
　　　　　　　　　　　　　　　　　　　└いるわ。

Amami, Alfredo, quant'io[188] t'amo... Addio.

私を愛してね、アルフレード、私が貴方を愛しているくらい
　　　　　　　　　　　　　　　　　　　└…さようなら。

(Corre in giardino.)
（庭に駆け込んでいく。）

Scena Settima　第7景

(Alfredo, poi Giuseppe, indi un Commissionario[189] a tempo.)
（アルフレード、それからジュセッペ、次いで適当なときに使いの者。）

ALFREDO アルフレード	Ah, vive sol quel core[190] all'amor mio!...

ああ、あの心はただ生きているのだ、私の愛のために！…

(Siede, prende a caso[191] un libro, leggge alquanto, quindi si alza, guarda l'ora sull'orologio sovrapposto al camino.)
（座り、特に選ぶでもなく本を一冊取り上げ、少し読んで、立ち上がり、暖炉の上に置かれた時計を（何時か見るために）眺める。）

È tardi: ed oggi forse
Più non verrà mio padre.

もう遅い、今日は恐らく
父はもう来ないのだろう。

---

(182)「lagrima」は「lacrima」の古い形。
(183)「avea」=「io avevo」。
(184)「avere duopo di ～」は「～が必要である」。
(185)『l. o.』ではこのト書きは次行の次にある。
(186)「Lo」は「それを（＝私が貴方に微笑んでいることを）」。
(187)「fior」は「fiori」のトロンカメント形。
(188)「quanto ～」は「～ほどたくさん」。
(189)「commissionario」は、一般に「他人のために用事をする人」のことで、ここでは「使いの者」。
(190)「quel core (=cuore)」は「あの心」、つまり「ヴィオレッタ」。
(191)「a caso」は「特に選ぶわけでもなく適当に」。

GIUSEPPE ジュゼッペ	*(entrando frettoloso)* La signora è partita...	

（慌ただしく入ってきて）
奥様がお発ちになりました…

L'attendeva un calesse, e sulla via
Già corre di Parigi... Annina pure
Prima di lei spariva.

一台の馬車が奥様を待っておりました、そして
もう、パリへの道を走っておられます… アンニーナも
奥様より前にいなくなりました。

ALFREDO アルフレード	Il[(192)] so, ti calma.

それは知っているよ、気を落ち着かせな
さい。

GIUSEPPE ジュゼッペ	(Che vuol dir ciò?)

（これはいったいどういうことなのだろうか？）

(Parte.)
（出ていく。）

ALFREDO アルフレード	Va forse d'ogni avere Ad affrettar la perdita[(193)]

たぶん行ったのだ。あらゆる持ち物の
処分を急ぎに…

Ma Annina
Lo impedirà.

だが、アンニーナが
それを阻止してくれるだろう。

(Si vede il padre attraversare in lontananza il giardino.)
（父親が遠く庭の中を横切るのが見える。）

Qualcuno è nel giardino!
Chi è là?...
(per uscire)

誰か庭にいる！
あそこにいるのは誰だろう？…
（出ようとする）

---

(192)「il」=「lo」。「それを」。
(193)「ad affrettar(e) la perdita d'ogni avere」で、直訳は、「あらゆる持ち物（＝avere）の喪失を急ぎに」となる。

COMMISSARIO 使いの者	*(alla porta)* Il signor Germont?
	（戸口のところで）ジェルモンさんですか？
ALFREDO アルフレード	Son io.
	僕ですが。
COMMISSARIO 使いの者	Una dama Da un cocchio, per voi, di qua non lunge,[194] Mi diede questo scritto...
	あるご婦人が、馬車から、ここから遠くないところで、私にこの貴方様宛ての手紙をお渡しになりました…

(Dà una lettera ad Alfredo, ne[195] *riceve qualche moneta e parte.)*

（一通の手紙をアルフレードに手渡し、彼からなにがしかの硬貨を貰って立ち去る。）

Scena Ottava 第8景

(Alfredo, poi Germont ch'entra dal giardino.)

（アルフレード、それから庭から入ってきたジェルモン。）

ALFREDO アルフレード	Di Violetta! Perché son io commosso!...
	ヴィオレッタのだ！ なぜ僕はこんなに動揺しているのだろう！…
	A raggiungerla forse ella m'invita[196] Io tremo!... Oh ciel!... Coraggio!...
	おそらく、僕に後から来るようにと言っているんだ…震える！… おお、神よ！… 勇気を出すんだ！…

(Apre e legge.)

（開封し、読む。）

«Alfredo, al giungervi[197] di questo foglio...»

「アルフレード、この手紙が貴方のお手許に着くときには…」

(come fulminato, grida:)
Ah!...

（雷に打たれたように叫ぶ）
ああ！…

---

(194) 「lunge」は文語で、「遠くに」。
(195) 「ne riceve」の「ne」は「彼から」。
(196) 直訳すると、「ella m'invita a raggiungerla（彼女は私を彼女に追いつくように誘っている）」。
(197) 「al giungervi」は「（この手紙が）貴方に着くときは」。

	(Volgendosi si trova a fronte del padre,[198] *nelle cui braccia si abbandona esclamando:)* 　　　　　　Padre mio!... （振り向くと父の前にいるのに気がつく、そして父の両腕の中に叫びながら身を投げる） 　　　　　　お父さん！…
GERMONT ジェルモン	Mio figlio!... Oh, quanto soffri!... 　　　　　　わが息子よ！… おお、なんと苦しんでいることか！…
	tergi, ah, tergi il pianto.[199][200] Ritorna[201] di tuo padre orgoglio e vanto. 　　　　　　拭きなさい、ああ、涙を拭くのだ…⎡れ。 もう一度お前の父の誇りであり自慢である（お前に）戻っておく
ALFREDO アルフレード	*(Disperato, siede presso il tavolino col volto tra le mani)* （絶望して、両手で顔を覆ったままサイドテーブルのそばに座り込む。）
GERMONT ジェルモン	Di Provenza[202] il mar, il suol[203] – chi dal cor ti[204] cancellò? Al natio[205] fulgente sol[206] – qual destino ti furò[207] ? Oh, rammenta pur nel duol[208] – ch'ivi[209] gioia a te brillò; E che pace colà sol[210] – su te splendere ancor[211] può. Dio mi guidò! プロヴァンスの海と大地を、誰がお前の心から消し去ったのだ？ 故郷の輝く太陽から、どのような運命がお前を奪ったのだ？ おお、苦しみにあっても思い出すがよい、そこではお前に喜 　　　　　　⎣びが輝いていたことを。 そして、そこでだけ、平和はお前の上で変わることなく輝き 　　　　　　⎣うるのだということを（思い出すがよい）。 神が私を（ここに）お導き下さったのだ！

(198)「si trova a fronte del padre」は、直訳すると、「父の前にいる自分を見出す」。
(199)『Spart.』では、「oh tergi il pianto」となっている。
(200)「tergi il pianto」は「なみだを拭きなさい」。
(201)「Ritorna」は「もとに戻っておくれ」と、願望を表わす命令形。
(202)「Provenza」は、南仏のプロヴァンス地方。
(203)「suolo」は「地面」だが、「場所；土地」の意味もある。
(204)「ti」＝「a te」で、「お前の（心から）」。
(205)「natio」は、形容詞「nativo」の詩語で、「生まれた場所の」。
(206)「fulgente sol(e)」は「輝く太陽」。
(207)「furò」は、詩語「furare（盗む；取り去る）」の直説法・遠過去・三人称単数。
(208)「duol(o)」は、文語の名詞で「痛み；苦痛」。
(209)「ivi」は、文語の副詞で「その場所では」。
(210)「colà sol(o)」は「そこでだけ」。
(211)「ancora」は、「（昔と同じように今も）なお」。

Ah! il tuo vecchio genitor - tu non sai quanto soffrì...
Te lontano,[212] di squallor[213] - il suo tetto[214] si coprì...
Ma se[215] alfin[216] ti trovo ancor,[217] - se in me speme[218] non fallì[219]
Se la voce dell'onor - in te appien[220] non ammutì,[221]
Dio m'esaudì!

お前の老いた父親がいかに苦しんだか、お前は知るまい…
お前が遠くに去って、お前の家(うち)は陰鬱さに覆われてしまったのだよ…
だが、今お前に再び会えたのだから、私の希望が無駄ではなかったのだから、
名誉の声が、お前の中で完全に沈黙してしまったのではなかったのだから、
神は私(の願い)をお聞きとどけてくださったのだ！

(abbracciandolo)
Né[222] rispondi d'un padre all'affetto[223]?

（息子を抱きしめながら）
それで、お前は父親の愛情に応えようとしないのか？

ALFREDO
アルフレード

Mille serpi[224] divoranmi[225] il petto...
(respingendo il padre)
Mi lasciate.

無数の蛇が僕の胸を食い荒らしている思いだ…
（父親を突き放しながら）
僕をほっといてください。

GERMONT
ジェルモン

Lasciarti!

お前をほっておくだと！

---

(212)「Te lontano（遠いお前に）」とは、「お前が遠くに行ってしまい」という意味。
(213)「squallore」は「うらぶれた状態；生気のない状態；惨めな状態」。
(214)「il tetto」は「屋根」。つまり「家」。
(215) これから続く句の「se」は「〜だから」。
(216)「alfin(e)」は、文語の副詞で「とうとう；ついに」。
(217)「ancora」は、ここでは「もう一度」。
(218)「speme」は女性名詞単数で、「speranza（希望）」の文語。
(219)「fallì」は「失敗する；成し遂げられない」。
(220)「appien(no)」は、文語の副詞で「まったく；完全に」。
(221)「ammutì」は、文語「ammutire（黙る；沈黙する）」の直説法・遠過去・三人称単数。
(222)「Né」=「e non」。「そして、〜しない」。
(223)「rispondere all'affetto di un padre」で、「父親の愛情に応える」。
(224)「Mille serpi」は「千匹の蛇」だが、ここでは「限りない怒り」の意味。
(225)「divoranmi」=「mi divorano」。「僕を貪り食う」。

ALFREDO アルフレード	*(risoluto)* (決然と)	(Oh vendetta!) (おお、復讐だ！)
GERMONT ジェルモン		Non più indugi; partiamo... t'affretta... 一刻も猶予はできぬ。出発しよう… 急げ…
ALFREDO アルフレード		(Ah, fu Douphol!) (ああ、ドゥフォールだ！[226])
GERMONT ジェルモン		M'ascolti tu? お前はわしの言うことを聞いているのか？
ALFREDO アルフレード		No. いいえ。
GERMONT ジェルモン		Dunque invano[227] trovato t'avrò! それでは、お前に会っても無駄だったのか！

No, non udrai rimproveri;[228]
Copriam d'oblio il passato;[229]

いいや、お前に何も小言は言うまい。
過去は忘れるとしよう。

L'amor che m'ha guidato,
Sa tutto perdonar.[230]

私を(ここに)導いてきてくれた
(父親としての)愛はすべてを許せるのだ。

Vieni, i tuoi cari[231] in giubilo[232]
Con me rivedi ancora:

お前、行くのだよ、大喜びするお前の肉親たちに
私と一緒にもう一度会うのだよ。

---

(226) 第1幕第2景に、一年以上前にドゥフォール男爵がヴィオレッタのパトロンであったと想像できる会話がある。
(227) 「invano」は「無駄に」。
(228) 直訳は、「いや、お前は小言を聞かないだろう」。
(229) この行の直訳は、「我々は過去を忘却で覆ってしまおうではないか」。
(230) 構文は、「L'amor(e) sa perdonar(e) tutto.」となる。
(231) 「i tuoi cari」は「お前の肉親；親しい友達」。
(232) 「in giubilo」は「大喜びしている」。

> A chi penò finora
> Tal gioia non negar.^{(223) (234)}

今まで苦しんできたものに
そのような喜びを拒否しないでやってくれ。

> Un padre ed una suora⁽²³⁵⁾
> T'affretta a consolar.

父と妹を
急いで慰めに行ってやってくれ。

ALFREDO
アルフレード

> *(Scuotendosi,*⁽²³⁶⁾ *getta a caso gli occhi sulla tavola, vede la lettera di Flora, esclama:)*
> Ah!... ell'è⁽²³⁷⁾ alla festa! volisi⁽²³⁸⁾
> L'offesa a vendicar.

(気を取り直し、ふとテーブルの上の手紙に目をやり、それがフローラの手紙であることを知り、叫ぶ)

ああ… 彼女はパーティーに行ったのだ！ さあ、
飛んでいくのだ、侮辱の仕返しのために。

> *(Fugge precipitoso.)*

(慌ただしく逃げ去る。)

GERMONT
ジェルモン

> Che dici? Ah, ferma!⁽²³⁹⁾

お前、何を言うのだ？ ああ、止まれ！

> *(Lo insegue.)*

(彼を追いかける。)

---

(233)『l. o.』では「negar」が「niegar」になっている。後者の意味は簡単に察することができるが、このようなイタリア語は存在しない。
(234)「non negar(e)」は、命令法・二人称単数・否定形。「お前、拒否するな」。
(235)「suora」は、ここでは「尼僧」ではなくて、「sorella（妹〔または姉〕）」。
(236) ト書きの「scuotendosi」は「目覚めて；はっとして；気を取り直して」。
(237)「ell'」＝「ella」。「彼女は」。
(238)「volisi」＝「si voli」＝「volare」の接続法・現在・三人称単数の非人称形で、「飛ぶのだ；急いでいくのだ」。しかし、ここでは「さあ、飛んでいくのだ」と訳せばよい。
(239)『l. o.』にはこの句はなく、前の最後のト書きも「Fugge precipitoso seguito dal padre（父に後を追いかけられ急いで逃げ去る）」となっている。

Scena Nona　第9景

Galleria[240] **nel palazzo di Flora, riccamente addobbata ed illuminata. Una porta nel fondo e due laterali. A destra, più avanti, un tavoliere con quanto occorre pel giuoco**[241]**; a sinistra, ricco tavolino con fiori e rinfreschi,**[242] **varie sedie e un divano.**

フローラの館の豪華に飾られ明るい照明に輝くロビー。奥に扉、左右にも脇の扉。
上手ずっと前の方に、ゲームに必要なものをすべて載せたゲーム台。
下手に、花と軽い食べ物や飲み物を載せた立派なテーブルと
いろいろな椅子とソファーが一つ。

(Flora, il Marchese, il Dottore ed altri invitati entrano dalla sinistra discorrendo fra loro.)

（フローラ、侯爵、医師、他の招待客たちが、下手から互いに談笑しながら入ってくる。）

FLORA フローラ	Avrem lieta di maschere[243] la notte: N'è[244] duce[245] il viscontino.[246] 今夜は、仮装の楽しい夜になりますわ、 子爵の息子さんがリーダーをなさいます… Violetta ed Alfredo anco[247] invitai. ヴィオレッタとアルフレードも招待してありますの…
MARCHESE 侯爵	La novità[248] ignorate? Violetta e Germont sono disgiunti.[249] ニュースを、皆さんはご存じありませんな？ ヴィオレッタとジェルモンは別れたのですぞ！
DOTTORE e FLORA 医師とフローラ	Fia[250] vero?... 本当かしら？…
MARCHESE 侯爵	Ella verrà qui col barone. 　　　　　彼女はここに男爵と一緒に来ますぞ。

(240)「galleria」は、ここでは「いろいろな部屋に通じる広いロビー」。
(241)「quanto occorre pel (= per il) gioco」は「ゲームに必要なものすべてを」。
(242)「rinfreschi」は、「(お茶の会や正式な食事の前の) 軽い食べ物やドリンク類」。
(243)「maschere」は「仮面；仮装」のことで、「la nette lieta di maschere」は、ここでは「楽しい仮装の夕べ」の意味。
(244)「N'」=「ne」、「それの」。
(245)「ducé」は、文語 (男性名詞・単数) で「指導者；リーダー」。
(246)「viscontino」は「子爵 (visconte) の子息」。
(247)「anco」は「anche (もまた)」の古い形。
(248)「novità」は「ニュース；新しい報せ」。
(249)「disgiunti」は「別れた」。
(250)「fia」は「essere」の直説法・未来・三単で、「sarà」の古い形。

DOTTORE 医師	Li⁽²⁵¹⁾ vidi ieri ancor... parean⁽²⁵²⁾ felici. 彼らにきのう会いましたが… 幸福そうでした。	

(S'ode rumore a destra.)
(上手から騒ぎが聞こえる。)

FLORA フローラ	Silenzio... udite?... 静かにして… 皆さん聞こえますでしょう？…
TUTTI 一同	*(Vanno verso la destra.)* (上手に行く。)

Giungono gli amici.

着いたぞ、友人たちが。

Scena Decima　第10景

(Detti, e molte signore mascherate da Zingare, che entrano dalla destra.)
(前出の人々と、ジプシーの仮装を付けた女性が大勢上手から入ってくる。)

ZINGARE ジプシーの女たち	Noi siamo zingarelle⁽²⁵³⁾ Venute da⁽²⁵⁴⁾ lontano; 私たちはジプシーの娘で 遠くから来ました。
	D'ognuno sulla mano Leggiamo l'avvenir.⁽²⁵⁵⁾ 各々方の手のひらの上で 運命を読んでさしあげましょう。
	Se consultiam le stelle⁽²⁵⁶⁾ Null'avvi⁽²⁵⁷⁾ a noi d'oscuro,⁽²⁵⁸⁾ 私たちが星に占えば 私たちには何も分からないことはありません、

---

(251)「Li (彼ら)」とは、ここではもちろん「ヴィオレッタとアルフレード」のこと。『l. o.』では「Gli」となっている。
(252)「parean」=「parevano」。「彼らは〜のように見えた」。
(253)「zingarelle」は「zingara (ジプシーの女)」に縮小辞がついたもので、「かわいいジプシー女；ジプシー娘」。
(254)『l. o.』では「venute di lontano」と、「da」が「di」に変わっているが、意味は同じ。
(255)「l'avvenir(e)」は「未来；運命」。
(256)「consultiamo le stelle」は「我々が星に (相談すれば) 問えば」。
(257)「avvi」=「c'è」。「ある」。
(258)「oscuro」は「暗い」から比喩的に、「Nulla di oscuro」で「不明なものは何もない」。

> E i casi del futuro
> Possiamo altrui[259] predir.
>
> 他の方の未来のことでも
> 私たちが予言してさしあげましょう。

第1のジプシー I.
> Vediamo! Voi, signora,
>
> 拝見いたしましょう！　さあ、奥様、
>
> *(Prendono la mano a Flora e l'osservano.)*
>
> （フローラの手を取って眺める。）
>
> Rivali alquante[260] avete.
>
> 恋敵を何人かお持ちですね。
>
> *(Fanno lo stesso al Marchese.)*
>
> （彼女たちは侯爵にも同じことをする。）

第2のジプシー II.
> Marchese, voi non siete
> Model di fedeltà.
>
> 侯爵様、貴方様は、貞節の模範では
> ございませんですね。

FLORA
フローラ
> *(al Marchese)*
> Fate il galante[261] ancora?
> Ben, vo'[262] me la paghiate.[263]
>
> （侯爵に）
> また浮気をなさっているのね？
> そう、たっぷり私に払っていただくわ…

MARCHESE
侯爵
> *(a Flora)*
> Che diancin[264] vi pensate?.[265]
> L'accusa è falsità.
>
> （フローラに）
> おやまあ、なんてことを信じるのかね？…
> そんな非難は根も葉もないことだ。

---

(259)「altrui」は、所有・形容詞・単複同形で、「他の人の」。
(260)「alquante」は、あまり多くない不特定な数・量を表わす。『l. o.』では「alquanti」となっているが、「rivale（ライバル）」は男女同形のため、「alquante」なら「女性の恋敵」、「alquanti」なら「男性の恋敵」と意味が違ってくる。ここは当然「女性の恋敵」。
(261)「galante」は、名詞としては普通使わないが、「女性に親切で慇懃な男」、ここでは「漁色家」。
(262)「vo'」=「voglio」。
(263)「pagarla」は「代償を払う」。
(264)「Che diancin(e)」は、「diamine」の文語で「驚き、不平」などを表わす感嘆詞。
(265)「pensarsi」は「信じる；思い込む」。

第2幕

| FLORA
フローラ | La volpe lascia il pelo,
Non abbandona il vizio.[266] |

キツネは皮を残しても
悪癖は捨てないそうよ…

Marchese mio, giudizio...
O vi farò pentir.

私の侯爵様、ご用心を…
さもないと、私が後悔させてあげますよ。

| TUTTI
一同 | Su via,[267] si stenda un velo[268]
Sui fatti del passato; |

さあ、忘れるのです
過去の事柄は。

Già[269] quel ch'è stato è stato,
Badate
Badiamo all'avvenir.

そう、過ぎ去ったことは過ぎ去ったことだ、
（それより）注意しなさい、
注意しましょう、 将来のことを。

(Flora ed il Marchese si stringono la mano.)

（フローラと侯爵は互いに手を握りあう。）

Scena Undicesima　第11景

(Detti, Gastone ed altri mascherati da Mattadori,[270] Piccadori spagnuoli, ch'entrano vivamente dalla destra.)

（前出の人々と、スペインの闘牛士マタドールとピカドールに扮したガストーネと他の友人たちが勢いよく上手から入ってくる。）

| GASTONE e MATTADORI
ガストーネとマタドールたち | Di Madride noi siam mattadori,
Siamo i prodi del circo de' tori.[271] |

我々はマドリードのマタドールたち、
我々は、闘牛場の勇者たち、

---

(266)「La volpe lascia il pelo, non abbandona il vizio.」は「キツネは皮を残してもは、悪癖は捨てない」という諺で、悪い意味での「雀百まで踊り忘れず」に相当。
(267)「Su via」=「Suvvia」は間投詞で、「さあ」。
(268)「si stenda un velo su ～（～にベールを広げよ）」は「～を隠せ；忘れよ」ということ。
(269)「Già」は強めの副詞で、「そう；そうだよ」。
(270)「mattadori」「piccadori」はともに「スペインの闘牛士」のこと。正式なイタリア語ではそれぞれ「torero」「picador」という。前者「マタドール」は、剣で牛と戦う主役の闘牛士、後者「ピカドール」は、馬に乗って槍で牛を突いて興奮させる脇役の闘牛士。
(271)「circo de'(i) tori（牡牛の円形闘技場）」とは普通使わない言葉だが、ここでは「闘牛場」のこと。

Testè⁽²⁷²⁾ giunti a godere del chiasso
Che a Parigi si fa pel bue grasso;⁽²⁷³⁾

ただ今、楽しむために到着いたしました、
パリで肥った牛のために行なわれる大騒ぎを。

E una storia, se udire vorrete,
Quali amanti⁽²⁷⁴⁾ ⁽²⁷⁵⁾ noi siamo saprete.

一つのお話を、皆さまがお聞きになりたければ、
我々がいかなる色男であるかお分かりいただけましょう。

GLI ALTRI
他の人々

Sì, sì, bravi; narrate, narrate:
Con piacere l'udremo…

やれ、やれ、えらいぞ。話せ、話せ、
喜んで聞こうではないか…

GASTONE e MATTADORI
ガストーネとマタドールたち

Ascoltate.

お聞きください。

È Piquillo un bel gagliardo⁽²⁷⁶⁾
Biscaglino⁽²⁷⁷⁾ mattador:

ピクイッロはたくましい
バスク生まれの美男の闘牛士、

Forte il braccio, fiero il guardo,
Delle giostre⁽²⁷⁸⁾ egli è signor.

腕は強いし、眼差しは勇気に満ち、
闘牛場の殿様のような男である。

D'andalusa⁽²⁷⁹⁾ giovinetta
Follemente⁽²⁸⁰⁾ innamorò;⁽²⁸¹⁾

彼は一人のアンダルシアの娘に
すっかり惚れ込んでしまった。

---

(272)「Testè」は、文語で「たった今」。
(273)「bue grasso (肥えた牛)」とは、パリの謝肉祭 (カーニヴァル) のシンボル。ここでは「謝肉祭」そのものを指す。『l. o.』では「Bue grasso」と大文字になっているが、意味は同じ。
(274)「amanti (愛人)」は、ここでは「色男」のような意味。
(275)「Quali amanti (どのような愛人か)」とは「どんなに素晴らしい色男か」の意味。
(276)「gagliardo」は「雄々しい；たくましい」。
(277)「Biscaglino」は「スペインのビスケー湾沿岸地方 (Biscaglia) の」だが、分かりやすければ「バスク地方の」としても同じ。
(278)「giostre」は「昔の騎馬試合」から、ここでは「闘牛(場)」。
(279)「andalusa」は「アンダルシアの」。
(280)「follemente」は「気がふれたように」。
(281)「innamorò」は、ここでは自動詞的に使われ、「innamorò d'(i) andalusa giovinetta」になっているが、普通は「innamorarsi di」の再帰動詞を使用。

Ma la bella ritrosetta[282]
Così al giovine parlò:

  だが、美しいちょっぴり内気な娘は
  若者にこう言った、

Cinque tori in un sol giorno
Vo'[283] vederti ad atterrar;[284]

  たった一日で五頭の牛を
  倒す貴方が見たいの。

E, se vinci, al tuo ritorno[285]
Mano e cor ti vo' donar.

  もし、貴方が勝てば、貴方のお帰りに
  私は手も心も貴方にさしあげましょう。

Sì, gli[286] disse, e il mattadore,
Alle giostre mosse il pie'[287];[288]

  よろしい、と彼女に言って、マタドールは
  闘牛場に行き、

Cinque tori, vincitore,[289]
Sull'arena[290] egli stendé.[291]

  五頭の牛を、勝利者として
  地面に打ち倒したのである。

GLI ALTRI Bravo, bravo il mattadore,[292]
他の人々 Ben gagliardo si mostrò,

  お見事、お見事、そのマタドールは
  よくぞ自分のたくましい姿を見せてやったものだ、

---

(282)「ritrosetta」は「ritrosa(内気な)」に縮小辞 -etta を付けた形。
(283)「vo'」=「voglio」。「私は〜を望む」。
(284)「atterrar(e)」は「地面に倒す；地にはわす」。
(285)「al tuo ritorno」は「あなたが帰ってきたとき」。
(286)「gli」は、ここでは「le(=a lei)」。「彼女に」。
(287)「mosse il pie'(de)」は「足を動かした」、つまり「行った」。
(288)『Spart.』では、ここに次のようなト書きが入る。「I piccadori batteranno contro terra le loro picche a tempo.(ピカドールたちは、調子を取って槍で地面を叩く)」。「Il colpo delle picche sarà segnato così.(槍で打つ音はこのような調子になる)」。
(289)「vincitore」は、ここでは「勝利者として」という意味。
(290)「arena」は「(闘牛場の上にまかれた)砂地」のことで「地面」。
(291)「stendé」は「長々と横たえた」、つまり「倒した」。
(292)『l. o.』では、この行は「Bravo invero il mattadore(本当にえらいぞ、マタドールは)」となっている。

	Se alla giovane l'amore In tal guisa egli provò.(293)
	娘に、愛を このような形で証明したとは。
GASTONE e MATTADORI ガストーネとマタドールたち	Poi, tra plausi, ritornato Alla bella del suo cor,(294)
	それから、彼は喝采に包まれて 愛する美しい娘のところに帰り、
	Colse il premio desiato(295) Tra le braccia dell'amor.(296)
	憧れの褒美を受けました 愛する娘の腕に抱かれ。
GLI ALTRI 他の人々	Con tai(297) prove i mattadori San(298) le belle(299) conquistar!
	そのような証で、マタドールたちは 知っているのだぞ、美女たちを征服する術を！
GASTONE e MATTADORI ガストーネとマタドールたち	Ma qui son più miti i cori; A noi basta folleggiar...
	だが、ここでは、心（の持ち主）はもっとお優しい。 われわれは馬鹿騒ぎをすればそれで充分…
TUTTI 一同	Sì, sì, allegri... Or pria(300) tentiamo Della sorte il vario umor;(301)
	そうだ、愉快にやろう… さて、まず試すとしよう 運命の気紛れな気分を。
	La palestra(302) dischiudiamo Agli audaci giuocator.(303)
	道場を開くとしよう 向こう見ずな賭事師たちに。

(293)『l. o.』では、最後に「！」がある。
(294)「La bella del suo cor(e)」は「彼の心から愛する美女」。
(295)「desiato」は「desiderato（望んだ）」の文語形。『l. o.』では「disiato」になっているが、意味は変わらない。
(296)「amor(e)」は「愛する人；恋人」。
(297)「tai」＝「tali」。「そのような」。
(298)「San(no)」は「〜の方法を知っている；〜できる」。
(299)『l. o.』では、「le belle（美女たち）」の代わりに「le amanti（恋人たち）」になっている。
(300)「pria」は「prima」の詩形で、「まず；先に；〜前に」。
(301)「il vario umore」とは「様々に変わる気分」。
(302)「palestra」は、ここでは「室内体育館；道場」。
(303)「giuocator(i)」＝「giocatori」。「（一般的な意味で）プレーヤー；遊戯者；賭博師」。

(Gli uomini si tolgono la maschera, chi passeggia e chi[304] *si accinge*[305] *a giuocare.)*

(男たちは仮面をはずし、ある者は歩き回り、ある者は賭けを始めようとする。)

Scena Dodicesima　第12景

(Detti, ed Alfredo, quindi Violetta col Barone. Un Servo a tempo.)

(前出の人々、アルフレード、それから男爵と連れ立ったヴィオレッタ。適当なときに召使い。)

TUTTI 一同	Alfredo!... Voi!... アルフレードだ！… 君は！…
ALFREDO アルフレード	Sì, amici... そうだ、友人諸君…
FLORA フローラ	Violetta? ヴィオレッタは？
ALFREDO アルフレード	Non ne[306] so. （彼女のことなど）知りませんね。
TUTTI 一同	Ben[307] disinvolto!... Bravo!... まったく気にもしていない！… えらい！… Or via, giuocar[308] si può. さあ、いまや、ゲームを始められるぞ。
GASTONE ガストーネ	*(Si pone*[309] *a tagliare, Alfredo ed altri puntano.)*[310] (カードを切り始め、アルフレードと他の者たちが賭ける。)
VIOLETTA ヴィオレッタ	*(Entra al braccio del Barone.)* (男爵の腕にもたれて入ってくる。)

---

(304)「chi（A）chi（B）」は「あるものはA、あるものはB」。
(305)「si accinge a ＋ 不定詞」は「～しようとしている；～するところである」。
(306)「ne」は、ここでは「彼女については」。
(307)「ben(e)」は強めの副詞で、ここでは「まったく」。
(308)「giocar(e)」は「ゲームをする；プレーする；遊ぶ；賭ける」で、ここでは当然「賭ける」。
(309)「si pone a ＋ 不定詞」は「～に取りかかる；を始める」。
(310)「puntano」は「（カードや数字などに）張る；賭ける」。

FLORA フローラ	*(andandole incontro)* [311] Qui desiata[312] giungi. (彼女を迎えに行きながら) 皆がお待ちかねの貴女(あなた)が到着したわけね。	

VIOLETTA
ヴィオレッタ

　　　　　　　　　　　　　　　　Cessi[313] al cortese invito.
　　　　　　　　　　　　　　　　ご丁寧なお招きに負けましたのよ。

FLORA　Grata vi son, barone, d'averlo pur gradito.[314]
フローラ　男爵様、ご招待をお受けくださって感謝いたしております。

BARONE　*(piano* [315] *a Violetta)*
男爵　　　(Germont è qui! il[316] vedete!)
　　　　(ヴィオレッタにそっと)
　　　　(ジェルモンがここにいますぞ！　見えますか！)

VIOLETTA　　　　　　　　　　　(Ciel!... gli[317] è vero). l[318] vedo.
ヴィオレッタ　　　　　　　　　　　(どうしよう！… 本当だわ。)
　　　　　　　　　　　　　　　　└見えます。

BARONE　*(cupo)* [319]
男爵　　　Da voi non un sol detto si volga a questo Alfredo.
　　　　(低い声で)　　　　　　　　　　　　　　　　　　　┌ドには。
　　　　貴女からはただの一言もかけませんように、そのアルフレー

VIOLETTA　(Ah, perchè venni, incauta! Pietà di me, gran Dio![320])
ヴィオレッタ　(ああ、私はなぜ不用意にも来てしまったのだ！　偉大な神よ、
　　　　　　　　　　　　　　　　　　　　　　　　└私を憐れみ給え！)

---

(311)「andare incontro a ＋ 人」で「〜を迎えに行く；〜の方に迎えに行く」。
(312)「desiata」は「desiderata」の古い形で、「望まれた（女性）；待たれていた（女性）」。
(313)「cessi」は「cedetti」の古い形で、「cedere（譲る；譲歩する）」の直説法・遠過去・一人称単数。ここでは「負けました」。
(314) 構文は、「Sono grata a voi di aver gradito l'invito.（私は招待を喜んでくださったことを貴方に感謝しています）」。
(315)「piano」は「しずかに；小声で；そっと」。
(316)「il」=「lo」。「彼（ここではアルフレード）を」。
(317)「gli」は仮主語で意味はない。
(318)「Il vedo.」の「il」=「lo」。「彼を」。
(319)『l. o.』では、ト書きの「cupo（低い声で）」の代わりに「piano a Vioretta（ヴィオレッタにそっと）」となっている。
(320)『Spart.』では「Pietà, gran Dio, di me!」になっているが、意味は同じ。

FLORA フローラ	*(a Violetta, facendola sedere presso di sé sul divano)* Meco⁽³²¹⁾ t'assidi⁽³²²⁾ ; narrami... quai novità vegg'io?⁽³²³⁾	

（ヴィオレッタに、彼女をソファーの自分の傍らに座らせて）
私と一緒に座って、話をしてちょうだい… この私の見ている新事実はいったいどうなっているのかを。

(Il Dottore si avvicina ad esse, che sommessamente conversano. Il Matchese si trattiene a parte col Barone, Gastone taglia, Alfredo ed altri puntano, altri passeggiano.)

（医師がひそひそと話しあっている彼女たちに近づいてくる。侯爵は男爵と脇に離れている。ガストーネはカードを切り、アルフレードと他の何人かは賭けて、他の幾人かは歩き回っている。）

ALFREDO アルフレード	Un quattro! 四だ！
GASTONE ガストーネ	Ancora hai vinto! また、君の勝ちだ！
ALFREDO アルフレード	*(Punta e vince.)*　　　　　　　　　　Sfortuna nell'amore Vale fortuna al giuoco!⁽³²⁴⁾ （賭けては勝つ。）　　　　　　　　　　　恋での不運とは 賭けでの幸運というものさ！…
TUTTI 一同	È sempre vincitore!... 彼は勝ち続けている！…
ALFREDO アルフレード	Oh, vincerò stasera; e l'oro guadagnato⁽³²⁵⁾ Poscia⁽³²⁶⁾ a goder tra' campi⁽³²⁷⁾⁽³²⁸⁾ ritornerò beato.⁽³²⁹⁾ おお、今晩は勝つぞ。そして稼いだ金は 後で、幸福一杯に田舎に帰って楽しむのさ。
FLORA フローラ	Solo? 貴方お一人で？

---

(321) 「Meco」は「Con me」の詩形・古い形で、「私と一緒に」。
(322) 「t'assidi」=「ti assiedi」。「貴女、座りなさい」。
(323) 「quai novita vegg'io?」=「quali novità vedo io?」。「なんという新事実を私は見ているのか？」。
(324) 『Spart.』では「fortuna reca al giuoco…」。「（恋の不運は）賭けに幸運をもたらす」となっている。
(325) 「l'oro guadagnato」は「稼いだ黄金（＝お金）」。
(326) 「Poscia」=「dopo」。「その後で」。
(327) 「tra' (i) campi」は、『l. o.』では「fra'」になっているが、意味は同じ。
(328) 「tra' campi」は「畑の間に」、つまり「田舎に」。
(329) 「beato」は「至福の（気分で）」。

ALFREDO アルフレード		No, no, con tale che vi fu meco ancor,(330) Poi mi sfuggia.(331)
		いや、いや、私と前に一緒にいたが その後、私から逃げていったあの女と一緒にだ…
VIOLETTA ヴィオレッタ		(Mio Dio!...)
		(ああ、どうしましょう!…)(332)
GASTONE ガストーネ	*(ad Alfredo, indicando Violetta)*	(Pietà di lei!)(333)
	(ヴィオレッタを指さし、アルフレードに)	(彼女がかわいそうではないか!)
BARONE 男爵	*(ad Alfredo, con mal frenata ira)*	Signor!
	(怒りを抑えることができずにアルフレードに)	貴公!
VIOLETTA ヴィオレッタ	*(al Barone)*	(Frenatevi,(334) o vi lascio.(335))
	(男爵に)	(我慢してください、さもなければ私は出て行きます。)
ALFREDO アルフレード	*(disinvolto)*	Barone, m'appellaste(336)?
	(何食わぬ顔をして)	男爵、私をお呼びになりましたか?
BARONE 男爵	Siete in sì gran fortuna, che(337) al giuoco mi tentaste.	
	貴方のツキが私にも勝負をする気を起させました。	
ALFREDO アルフレード	*(ironico)* Sì?... la disfida accetto...	
	(皮肉をこめて) ああそうですか?… 挑戦ならお受けしますよ…	

(330)「ancora」は、ここでは「あの頃;あの時分」。
(331)「sfuggia」=「fuggiva」。「逃げた」。
(332)「Mio Dio (私の神よ)」は、困ってしまっている様子を表わす。
(333)「Pietà di lei!」は「彼女に憐れみの心を (持て)!」ということ。
(334)「Frenatevi」は「貴方、自分を抑えてください」、つまり「我慢してください」ということ。
(335)「o vi lascio」は、直訳すると「さもなければ、私は貴方を残します」。
(336) この「appellare (呼ぶ)」という動詞は今では使わない。
(337)「così (A) che (B)」の構文で、直訳は「貴方が大変幸運に恵まれているので、(貴方は) 私を賭けにでもそそのかしたほどです」。

VIOLETTA ヴィオレッタ		(Che fia⁽³³⁸⁾? morir mi sento!) （どうなるんだろう？　死ぬ思いだわ！）

BARONE
男爵

(puntando)
Cento luigi a destra.
（賭けながら）
右に百ルイ。

ALFREDO
アルフレード

(puntando)　　　　　　　　　　　　　　Ed alla manca⁽³³⁹⁾ cento.
（賭けながら）
　　　　　　　　　　　　　　　　　　　それなら、左に百だ。

GASTONE
ガストーネ

Un asse... un fante.⁽³⁴⁰⁾ hai vinto!
エース… ジャック… 君の勝ちだ！

BARONE
男爵

　　　　　　　　　　　　　　　　　　　　　　　　Il doppio?
　　　　　　　　　　　　　　　　　　　　　　　　倍では？

ALFREDO
アルフレード

　　　　　　　　　　　　　　　　　　　　　　　Il doppio sia.
　　　　　　　　　　　　　　　　　　　　　　　倍でどうぞ。

GASTONE
ガストーネ

(tagliando)
Un quattro, un sette.
（トランプを切りながら）
四と、七だ。

TUTTI
一同

　　　　　　　　　　　　　　　　　　　　　　　　　Ancora!
　　　　　　　　　　　　　　　　　　　　　　　　　またご！

ALFREDO
アルフレード

　　　　　　　　　　　　　　　　　　　　Pur la vittoria è mia!
　　　　　　　　　　　　　　　　　　　　やはり、勝ちは私のものですね！

CORO
合唱

Bravo davver!... la sorte⁽³⁴¹⁾ è tutta per Alfredo!...
本当に上手い！… ツキはすべてアルフレードの方だ！…

FLORA
フローラ

Del villeggiar la spesa farà il baron,⁽³⁴²⁾ già il vedo.⁽³⁴³⁾
別荘生活の費用は男爵が払うわけ、もう見えてるわ。

---

(338) 「fia」は「sarà」の古い形。
(339) 「manca」は「左側；左手」。
(340) 「asso」は「エース」、「fante」は「歩兵」のことでジャックに相当する。
(341) 「la sorte」は「運」。ここでは「ツキ」といったような意味。
(342) 「Il barone farà la spesa del villeggiare.」の構文。
(343) 「il (=lo) vedo」は「それは、もうはっきり分かっているわ」。

ALFREDO アルフレード	*(al Barone)* Seguite pur.	
	（男爵に） どうぞお続けください。	
SERVO 召使い		La cena è pronta.
		夕食の用意ができました。
FLORA フローラ		Andiamo.
		参りましょう。
CORO 合唱	*(avviandosi)*	Andiamo.
	（歩きだしながら）	参りましょう。
ALFREDO アルフレード	Se continuar v'aggrada... *(tra loro a parte)*	
	もし、お続けになりたければ… （脇によって、彼らだけで）	
BARONE 男爵		Per ora nol[344] possiamo: Più tardi la rivincita.
		今のところはそれは無理ですな、 後ほど、雪辱戦を。
ALFREDO アルフレード		Al gioco che vorrete.
		貴方のお望みのゲームで。
BARONE 男爵	Seguiam gli amici; poscia...	
	（今は）友人たちの後に従うとし、後ほど…	
ALFREDO アルフレード		Sarò qual[345] bramerete.[346][347]
		私は貴方がお望みのようにいた └─しますよ。

(Tutti entrano nella porta di mezzo: la scena rimane un istante vuota.)

（一同、真ん中の扉から入る、舞台は一瞬誰もいなくなる。）

---

(344)「nol」=「non lo」。
(345)「qual(e)」は「～のように」。
(346) 直訳は「私は貴方が望むようになるでしょう」。
(347)「bramare」は、文語で「切望する：望む」。

Scena Tredicesima　第13景

(Violetta che ritorna affannata, indi Alfredo.)
（ヴィオレッタが息を切らせて戻ってくる、その後でアルフレード。）

VIOLETTA
ヴィオレッタ

Invitato a qui seguirmi,
Verrà adesso?... vorrà udirmi?...

ここに私についてくるように誘ったけど、
来るかしら、彼は？… 私の言うことを聞いてくれるかしら

Ei verrà, ché l'odio atroce
Puote[348] in lui più di mia voce...

来るわ、だって、彼の中では恐ろしい憎しみが
私の言葉より力を持っているのだから…

ALFREDO
アルフレード

Mi chiamaste? che bramate?

僕をお呼びですか？　何のご用ですか？

VIOLETTA
ヴィオレッタ

Questi luoghi abbandonate.[349]
Un periglio[350] vi sovrasta.[351]

この場所からお離れください…
危険が貴方に迫っております…

ALFREDO
アルフレード

Ah, comprendo!... Basta, basta...
E sì vile mi credete?

ああ、了解しました！… 結構、結構です…
僕をそんなに臆病な人間とお思いですか？

VIOLETTA
ヴィオレッタ

Ah no, mai...

ああ、決して（そんなことは）…

ALFREDO
アルフレード

Ma che temtete?...

だけど、何を恐れているのです？…

VIOLETTA
ヴィオレッタ

Temo sempre del Barone...

怖いのです、いつも男爵のことが…

---

(348)「puote」は「può」の古い形。ここでは「力を持つ」。
(349)「abbandonate (捨てる)」は、ここでは「離れる」。
(350)「periglio」は「pericolo (危険)」の文語。
(351)「sovrasta」は「ひっ迫する；迫る」。

ALFREDO アルフレード	È tra noi mortal quistione.(352) 我々の間には生死を賭けた問題があるんですよ…
	S'ei cadrà(353) per mano mia(354) Un sol colpo vi torria(355) もし、彼が私の手にかかって死んだら ただの一撃が、貴女から奪ってしまうんですよ
	Coll'amante il protettore(356) V'atterrisce(357) tal sciagura? 愛人とパトロンを同時にね… そのような不幸が貴女を怖がらせているんですね？
VIOLETTA ヴィオレッタ	Ma s'ei fosse l'uccisore? だが、万一、彼が殺す方になったら？
	Ecco l'unica sventura... Ch'io pavento(358) a me fatale! それがただ一つの不幸なのです… 私にとって死ぬほど怖い(不幸な)のです！
ALFREDO アルフレード	La mia morte!... Che ven cale(359)?...(360) 私の死だって！… 貴女に何の関係があるんだ？…
VIOLETTA ヴィオレッタ	Deh, partite, e sull'istante. お願い、発ってください、すぐに。
ALFREDO アルフレード	Partirò, ma giura innante(361) Che dovunque seguirai I miei passi... 発とう、だが、その前に誓ってくれ どこであろうとも、ついてくると 僕の後を…

---

(352) この言葉で、決闘が行なわれるかもしれないことが分かる。また、これまでのヴィオレッタの台詞で、男爵が武器のかなりの使い手であることも想像できる。「quistione」は「questione」の文語で、「問題」。
(353) 「S'ei cadrà」=「Se egli morrà」。「もし彼が倒れたら（死んだら）」。
(354) 「per mano mia」は「私の手で；私の手にかかって」。
(355) 「torria」は「togliere（取り上げる）」の直説法・未来・三人称単数の古い形。
(356) 「protettore（保護者）」は、ここでは「（金銭的な）パトロン」。
(357) 「atterrisce」は「怖がらせる；恐怖に陥れる」。
(358) 「ch'io pavento」は、文語で「私が恐れる」。
(359) 「calere」は古い動詞で、「気にかかる；関心がある」。
(360) 「Che ven (=ve ne) cale?」は、直訳すると「貴女にとって（vi）、それについて(ne) 何の関心があるか（calere）のか」。
(361) 「innante」は「innanzi（その前に）」の古い形。

VIOLETTA ヴィオレッタ		Ah, no, giammai. ああ、だめです、絶対に。

ALFREDO
アルフレード

No! giammai!...
だめだって！ 絶対にだと！…

VIOLETTA
ヴィオレッタ

　　　　　　　　　Va, sciagurato.
Scorda un nome ch'è infamato.
Va... mi lascia sul momento...
Di fuggirti un giuramento...
Sacro io feci...

　　　　　　　　　立ち去ってね、不幸な貴方。
忘れてね、汚らしい名前は。
行ってね… さっさと私から離れてね…
貴方から逃げ出すとの誓いを…
聖なる誓いを、私は立てたのですから…

ALFREDO
アルフレード

　　　　　　　　E chi potea(362)?(363)
　　　　　　　　誰ができたのだろう？…(364)

VIOLETTA
ヴィオレッタ

A chi dritto(365) pien n'aveva.
その権利を十二分にお持ちだった方に。

ALFREDO
アルフレード

Fu Douphol?...
ドゥフォール(366)だったのか？…

VIOLETTA
ヴィオレッタ

(con supremo sforzo)
　　　　　　　　Sì.
(無理に力をふりしぼり)
　　　　　　　　そうよ。

ALFREDO
アルフレード

　　　　　　　　Dunque l'ami?
　　　　　　　　それでは、君はあの男を愛しているのだな？

VIOLETTA
ヴィオレッタ

Ebben... l'amo...
そう… 愛しているわ…

---

(362)「potea」=「poteva」。
(363)『Spart』には、「A chi, dillo?...（誰にだ？ 言ってくれ…）」が前にある。
(364) この文のあとに「そんなことを彼女に誓わせることを」と加えてみるとよい。
(365)「dritto」=「diritto」。「権利」。
(366) ヴィオレッタがアルフレードと知りあいになる前にパトロンであった例の男爵。

第2幕

ALFREDO アルフレード	(Corre furente sulla porta e grida:) 　　　　　　　Or tutti a me.

（扉の方に狂ったように走って行って叫ぶ）
　　　　　　　　　　さあ、みんな僕のところに（来てくれ）。

Scena Quattordicesima　第14景

(Detti, e tutti i precedenti che confusamente ritornano.)
（前出の人々、前にいた人々ががやがやと戻ってくる。）

TUTTI 一同	Ne[367] appellaste?... Che volete?

　　貴方は我々を呼びましたね？… どうしたのだ？

ALFREDO アルフレード	(additando Violetta che abbattuta si appoggia al tavolino) Questa donna conoscete?

（打ちひしがれたように小テーブルにもたれているヴィオレッタを指さしながら）
　　この女性を知っていますね？

TUTTI 一同	Chi?... Violetta?

　　誰のことだ？… ヴィオレッタのことか？

ALFREDO アルフレード	Che facesse Non sapete?

　　　　　　彼女が何をしたか
　　ご存じありますまい？

VIOLETTA ヴィオレッタ	Ah, taci...

　　　　　ああ、黙っていて…

TUTTI 一同	No.[368][369]

　　　　　いや（話したまえ）。

ALFREDO アルフレード	Ogni suo aver[370] tal femmina[371] Per amor mio sperdea...[372]

　　あらゆる持ち物を、あの女は
　　私にたいする愛情のために使い果したのです…

---

(367)「ne」=「ci」。「我々を」。
(368)『l. o.』では、この「No.」がアルフレードの答えとして、次の彼の台詞の頭にきている。その場合の訳は、「いやだ、（黙っているものか）」となる。
(369) ここでの「No.」は、一同が「いいや、黙っていないで話したまえ」という意味である。
(370)「Ogni suo avere」は「あらゆる彼女の持ち物」。
(371)「femmina」は、軽蔑をこめた「女」。
(372)「sperdea」=「sperdeva」。「浪費する；失う」。

Io cieco, vile, misero,
Tutto accettar potea,(373)

盲で、意気地なしで、惨めだった僕は
すべてを受け入れたのだった、

Ma è tempo ancora!... tergermi(374)
Da tanta macchia bramo.(375)

だが、まだ時間がある！…自分をどうしても
綺麗に拭いたいのだ、あの多くの汚れから…

Qui(376) testimon vi chiamo
Che qui pagata io l'ho.(377)

ここに、諸君を、証人として呼んだのだ
私が、ここで彼女に借りを払ったということの。

(Getta con furente sprezzo(378) una borsa ai piedi di Violetta, che sviene tra le braccia di Flora e del Dottore. In tal momento entra il padre.)

（彼は、怒り狂ったように軽蔑をこめ、ヴィオレッタの足許に財布を投げる。彼女はフローラと医師の腕の中で気を失う。その時に父親が入ってくる。）

Scena Quindicesima　第15景

(Detti, ed il Signor Germont, ch'entra all'ultime parole.)

（前出の人々と、最後の言葉とともに入ってきたジェルモン氏。）

TUTTI　Oh, infamia orribile
一同　Tu commettesti!...

おお、なんと恐ろしい恥ずべき行為を
君は犯したものだ！…

Un cor sensibile
Così uccidesti(379)!...

感じやすい心（の持ち主）を
このような死ぬ目にあわすとは！…

---

(373)「potea」=「potevo」。
(374)「tergermi」は「自分を（汚れ〔macchia〕から）奇麗にする」。
(375)「bramo」は「私は熱望する」。
(376)『l. o.』では「qui（ここで）」が「ch'ora（今）」になっている。
(377)「l'ho pagata（私は彼女を払った）」とは「私は彼女に借りていたものを払った」の意味。
(378)「sprezzo」は「disprezzo」の文語で、「軽蔑」。
(379)「uccideste」は「殺した」だが、ここでは「死ぬほど傷つけた」といった意味。

> Di donne ignobile
> Insultator,[380]

> 女性にたいし、忌まわしい
> 侮辱をする男よ、

> Di qui allontanati,[381]
> Ne desti[382] orror.[383]

> ここから立ち去れ、
> お前は我々に恐れを起させる。

GERMONT
ジェルモン

> *(con dignitoso fuoco)*[384]
> Di sprezzo degno se stesso rende[385]
> Chi pur nell'ira la donna offende.

> （威厳のある情熱を込めて）
> 自分を軽蔑に値させるのだ
> たとえ怒りのうちにあっても女性を侮辱する者は。

> Dov'è mio figlio?... più non lo vedo:
> In te più Alfredo - trovar non so.

> 私の息子はどこにいった？… 彼はもう見えない、
> もはやお前の中にアルフレードを見ることはできない。[386]

> (Io sol fra tanti[387] so qual virtude[388]
> Di quella misera il sen[389] racchiude...

> （大勢の人の中で、私だけが知っている、
> どのような美徳をあの気の毒な女性の胸が秘めているかを…

> Io so che l'ama,[390] che gli è fedele,
> Eppur, crudele, - tacer dovrò!)

> 私は知っている、彼女が彼を愛し、彼に誠実なことを、
> それでも、残酷なことよ、私は黙っていなければならぬ！）

---

(380) 『Spart.』では「insultatore（侮辱する男）」になっている。
(381) 「allontanati」は「allontanarsi」の命令法・現在・二人称単数。「お前、立ち去れ」。
(382) 「ne desti」=「ci desti」。「我々に目覚めさせる；呼び起こす」。
(383) 『Spart.』には、最後の「orror (恐ろしさ)」のあとに「va', va', va'（行け、行け、行け）」が加えられている。
(384) 「fuoco（火）」とは、ここでは「情熱；激しい感情」。
(385) 一行目は「rende se stesso degno di sprezzo」の構文で、「自分自身を軽蔑に値させる」ということ。
(386) ここは、変わり果てた息子を嘆く父親の感情を表わす。
(387) 『l. o.』では「fra tutti（すべての人の中で）」となっている。
(388) カッコ内の四行は、父ジョルジョ・ジェルモンの独白だが、彼はまだ息子をヴィオレッタから引き離すことしか考えていない。
(389) 「il sen(o)」は「胸」。
(390) 『l. o.』では、「che l'ama（彼を愛していること）」が「ch' ell'ama（彼女が愛していること）」になっている。

ALFREDO アルフレード	*(da sè)* (Ah sì... che feci!... ne sento orrore.	

(独り言をいう)
(そうだ… 何をしたのだ！… 恐ろしくなる。

Gelosa smania, deluso amore
Mi strazia l'alma.⁽³⁹¹⁾ più non ragiono.⁽³⁹²⁾

嫉妬の激情と、裏切られた愛が
僕の魂を引き裂き… もう理性を失ったのだ

Da lei perdono – più non avrò.

彼女から許しは、もう二度と得られないだろう。

Volea⁽³⁹³⁾ fuggirla... non ho potuto!
Dall'ira spinto son qui venuto!

僕は彼女から逃げようと思ったが… できなかった！
憤怒に駆られてここに来たのだった！

Or che lo sdegno ho disfogato,⁽³⁹⁴⁾
Me sciagurato!... – rimorso n'ho⁽³⁹⁵⁾)⁽³⁹⁶⁾

怒りをぶちまけた今となっては、
なんとだめな僕だろう！… 僕は後悔している。)

VIOLETTA ヴィオレッタ	*(riavendosi)* Alfredo, Alfredo, di questo core Non puoi comprendere tutto l'amore;

(気を取り戻し)
アルフレード、アルフレード、この心の⁽³⁹⁷⁾
すべての愛情は貴方には分からないわね。

Tu non conosci che fino a prezzo
Del tuo disprezzo⁽³⁹⁸⁾ – provato io l'ho⁽³⁹⁹⁾!

貴方はご存じないわ、貴方の軽蔑を受けてまでも
私が貴方への愛を試してみたのを！

---

(391)「l'alma」は「anima（魂）」の詩語。
(392)「non ragiono più」は「ぼくはもはや理性的に考えられない」という意味。
(393)「volea」=「volevo」。
(394)「disfogato」は「sfogato」の詩形。「ho disfogato lo sdegno.」は「怒りをぶちまけた」。
(395)「rimorso n'(=ne) ho」は「それについて後悔（romorso）している」。
(396)『l. o.』では「rimorso io n'ho」となっている。
(397) ここに「貴方にたいする」を補ってみるとよい。
(398)「fino a prezzo del tuo disprezzo」は「貴方に軽蔑される恐れを冒してまでも」。
(399)「l'ho provato」は「私がそれ（=貴方への愛）を試してみた（のを）」。

Ma verrà giorno in che⁽⁴⁰⁰⁾ il⁽⁴⁰¹⁾ saprai...
Com'io t'amassi⁽⁴⁰²⁾ confesserai.⁽⁴⁰³⁾

いつの日かくるでしょう　貴方がそれを知る日が…
そしていかに私が貴方を愛していたかお認めになるでしょう…

Dio dai rimorsi ti salvi allora,
Io spenta⁽⁴⁰⁴⁾ ancora - pur t'amerò.

そのときは、神が貴方を改悟の念からお救いになりますよう
私は、死んでもなお、まだ貴方を愛し続けます。　　└に、

BARONE　*(piano ad Alfredo)*
男爵　A questa donna l'atroce insulto
Qui tutti offese, ma non inulto⁽⁴⁰⁵⁾
Fia⁽⁴⁰⁶⁾ tanto oltraggio...

（アルフレードに低い声で）
この女性にたいする酷い罵りは
ここにいる皆を侮辱した。だが復讐を受けないことはないだ
そのような酷い陵辱行為は…　　　　　　　　　　└ろう、

　　　　　　　　　　　　　provar⁽⁴⁰⁷⁾ vi voglio
Che tanto orgoglio⁽⁴⁰⁸⁾ - fiaccar⁽⁴⁰⁹⁾ saprò.

　　　　　　　　　　　　私は君に見せてやるぞ
私がそのような高慢の鼻をへし折ってやれることを。

TUTTI　Oh,⁽⁴¹⁰⁾ quanto peni!... Ma pur fa core...⁽⁴¹¹⁾
一同　Qui soffre ognuno del tuo dolore⁽⁴¹²⁾;⁽⁴¹³⁾

おお、なんと苦しんでいることか!… だが、元気を出しなさい…
ここでは皆が君の苦しみを(同じように)味わっているのだから。

---

(400)「in che」=「in cui」。「貴方がそれを知る（日）」。
(401)「il」=「lo」。「それを（=いかに貴方を愛していたか）」。
(402)『Spart.』では、「come t'amassi」となっており、「io」がない。
(403)「confesserai」は、文語で「(貴方は)認めるでしょう」。
(404)「spenta（消えた）」は、ここでは「(私が)死んでも」。
(405)「inulto」は詩語で、「罰を免れる；復讐を受けない」。
(406)「fia」=「sarà」。
(407)「provare」は「試みる；証明する」。
(408)『Spart.』では「che tanto orgoglio」が「che il vostro orgoglio（君の高慢を）」になっている。
(409)「fiaccare」は「衰弱させる；くじく」。
(410)最初の「Oh」は、『l. o.』では「Ahi（ああ、いたわしい）」になっている。
(411)「fa core」=「fa cuore」。「元気を出せ」。
(412)『Spart.』では、最初の二行の最後は‐rとトロンカメント形になっている。
(413)「ognuno soffre del tuo dolore.」の構文。直訳すると「各人が君の苦悩を苦しんでいる」。

> Fra cari amici qui sei soltanto;
> Rasciuga il pianto – che t'inondò.⁽⁴¹⁴⁾

ここでは、君は親しい友達にだけ囲まれているのだよ、
溢れる涙を拭きたまえ。

(Germont⁽⁴¹⁵⁾ *trae seco il figlio; il Barone lo segue. Violetta è condotta in altra stanza dal Dottore e da Flora; gli altri si disperdono.)*

(ジェルモンは自分とともに息子を連れていく。男爵は彼についていく。ヴィオレッタは別の部屋に医師とフローラに導かれる、他の者たちはちりぢりに立ち去っていく。)

Fine del Secondo Atto 第2幕 終

---

(414)「il pianto che t'inondò」は、直訳すると「君を水浸しにした涙」。
(415)『l. o.』では、「Germont」は「il signor Germont」に、「il Barone lo segue」は「il Barone li segue(男爵は彼らについて行く)」となっている。

第3幕
ATTO TERZO

ATTO TERZO
第3幕[1]

Camera da letto di Violetta. Nel fondo è un letto con cortine mezze tirate; una finestra chiusa da imposte interne; presso il letto uno sgabello su cui una bottiglia di acqua, una tazza di cristallo, diverse medicine. A metà della scena una toilette,[2] vicino un canapè[3]; più distante un altro mobile, su cui arde un lume da notte; varie sedie ed altri mobili.
La porta è a sinistra; di fronte v'è un caminetto con fuoco acceso.

ヴィオレッタの寝室。奥にカーテンを半分引いたベッドがある。窓が一つあるが内側の鎧戸が閉められている。ベッドの傍らに木の腰掛が一脚あり、その上に水の瓶が一本、ガラスのコップが一個といろいろな薬がある。舞台の半ばに鏡台があり、そばにソファーが一つ。もっと離れたところに別の家具があって、その上にランプが灯っている。いろいろな椅子と別の家具類。下手に扉があって、正面には火が燃えている暖炉がある。

Scena Prima　第1景

(Violetta dorme sul letto. Annina, seduta presso il caminetto, è pure addormentata.)

（ヴィオレッタはベッドで眠っている。アンニーナは暖炉のそばに座って、彼女もまた寝込んでいる。）

VIOLETTA
ヴィオレッタ

(destandosi)
Annina?

（目を覚まして）
アンニーナは？

ANNINA
アンニーナ

(svegliandosi confusa)
Comandate?

（目を覚まし、寝ぼけて）
ご用でございますか？

VIOLETTA
ヴィオレッタ

Dormivi, poveretta?

寝ていたの？　気の毒に。

ANNINA
アンニーナ

Sì, perdonate.

はい、お許しを。

---

(1) 第3幕は、2月で、第2幕の後半、フローラの屋敷の場面からわずか一か月しか経っていない。パリは相変わらず謝肉祭の祭りが続いている。
(2) 「toilette」は「鏡台；化粧台」。
(3) 「canapè」は「ソファー；長椅子」。

VIOLETTA ヴィオレッタ		Dammi d'acqua un sorso. お水をちょうだい、一口。

(Annina eseguisce.)
（アンニーナは言われたとおりにする。）

Osserva, è pieno il giorno?
見てごらん、もう昼間なのね？

ANNINA アンニーナ		Son sett'ore. 七時でございます。
VIOLETTA ヴィオレッタ	Dà accesso a un po' di luce.[(4)] 少し日の光を入れてくださいな…	
ANNINA アンニーナ	*(Apre le imposte e guarda nella via.)* （鎧戸を開け、道を眺める。）	

Il signor di Grenvil![(5)]
グランヴィル様ですよ！…

VIOLETTA ヴィオレッタ	Alzar mi[(6)] vo'…[(7)] m'aita.[(8)]	Oh, il vero amico!... おお、（あの方は）本当のお友達だわ 起きたいの… 手伝って。　　　　└！…

(Si alza e ricade; poi, sostenuta da Annina, va lentamente verso il canapè, ed il Dottore entra in tempo per assisterla ad adagiarvisi. Annina vi aggiunge dei cuscini.)
（起きるがまた倒れてしまう。それから、アンニーナに支えられゆっくりとソファーの方に行く。医師がちょうど入ってきて、彼女がソファーに横たわるのを手助けする。アンニーナがクッションをいくつか足してやる。）

Scena Seconda　第2景

(Dette e il Dottore.)
（前出の人々と医師。）

VIOLETTA ヴィオレッタ	Quanta bontà... pensaste a me per tempo!... なんというご親切… 貴方様はちょうどよいときに私のこと 　　　　　　　　　　　　　└をお考えくださいます！…

---

(4) 直訳は「少しの光に入ることを与えておくれ」。
(5) 『Spart.』では「il signor di Grenvil」と感嘆符がない。
(6) 「Alzar mi」＝「alzarmi（起きる）」。
(7) 「vo'」＝「voglio」。
(8) 「m'aita」＝「aiutami（私を助けてね）」。

DOTTORE 医師	*(Le tocca il polso)* [9] Sì, come vi sentite? [10]	

（彼女の手首に触れて）
そう、今はどんなご気分です？

VIOLETTA ヴィオレッタ	Soffre il mio corpo, ma tranquilla ho l'alma.	

身体は痛みますが、気持ちは落ち着いております。

Mi confortò iersera un pio ministro. [11]
Religione è sollievo a' sofferenti. [12]

昨日の夕方、司祭様が慰めてくださったのです。
信仰は悩める者にとって慰めですわ。

DOTTORE 医師	E questa notte?	

昨晩はどうでした？

VIOLETTA ヴィオレッタ	Ebbi tranquillo il sonno.	

よく眠れました。

DOTTORE 医師	Coraggio adunque... la convalescenza Non è lontana...	

さあ、元気を出して… 回復期は
遠くありませんよ…

VIOLETTA ヴィオレッタ	Oh, la bugia pietosa A' medici [13] è concessa...	

おお、慈悲深い嘘は
お医者様たちには許されているのですわね…

DOTTORE 医師	*(stringendole la mano)* Addio... a più tardi.	

（彼女の手を握りながら）
さようなら… また後で。

VIOLETTA ヴィオレッタ	Non mi scordate.	

私をお忘れになりませんように。

---

(9)　「Le tocca il polso.」は、「脈をみる」としてもよい。
(10)　『Spart.』では「Sì... Come vi sentite? (そうですね… ご気分はいかが？)」となっている。
(11)　「pio ministro」は「司祭」。
(12)　『Spart.』では、「Ah! religione è sollievo ai sofferenti.」となっている。
(13)　『Spart.』では「ai medici」となっている。

第3幕

ANNINA アンニーナ	*(piano al Dottore accompagnandolo)* 　　　　　　　　Come va, signore?	

（送りながら医師にそっと）

　　　　　　　　　　　　　いかがでしょう？　先生。

DOTTORE 医師	*(piano a parte)* La tisi non le accorda che[14] poche ore.	

（離れて、そっと）

結核は彼女にあと数時間（の命）しか許しません。

(Esce.)

（立ち去る。）

Scena Terza　第3景

(Violetta e Annina.)

（ヴィオレッタとアンニーナ。）

ANNINA アンニーナ	Or fate cor. さあ、元気をお出しになって。
VIOLETTA ヴィオレッタ	Giorno di festa è questo? 　　　　　祭日なの？　今日は。
ANNINA アンニーナ	Tutta Parigi impazza... è carnevale... パリ中が大騒ぎです… 謝肉祭ですもの…
VIOLETTA ヴィオレッタ	Ah, nel comun tripudio,[15] sallo il cielo[16] Quanti infelici soffron!.[17] ああ、この皆が喜んでいるあいだに、神様はご存じです… どんなに多くの不幸な人が苦しんでいるかを！…
	Quale somma V'ha[18] in quello stipo[19]? *(indicandolo)* 　　　　　　　　　　　　　いくらあるの？ あの手文庫の中には。 （それを指して）

(14)「non (A) che (B)」は「BしかAしない」。
(15)「nel comune tripudio」は、直訳すると「皆に共通のこのお祭りの中で」、つまり「皆が一様に楽しんでいるあいだに」ということ。
(16)「sallo il cielo」=「il cielo lo sa（天はそれをご存じだ）」。『Spart.』と『l. o.』では「il cielo」の代わりに「Iddio（神様）」となっているが、意味は同じ。
(17)『l. o.』では「soffron(o)（苦しんでいる）」の代わりに「gemon(o)（呻いている）」となっている。
(18)「v'ha」=「c'è」。「ある」。
(19)「stipo」は、昔よく使われた、宝石や書類などを入れるための、美しく細工が施された「手文庫」。

ANNINA アンニーナ	*(L'apre e conta.)* (開けて勘定する。)	
		Venti luigi. 二十ルイです。
VIOLETTA ヴィオレッタ	Ne reca ai poveri[20] tu stessa. (その中の)十ルイを貧しい人に持っていってあげて、貴女が自分でね。	Dieci
ANNINA アンニーナ	Rimanvi[21] allora... (そんなことをしたら)貴女様にほんの少し残るだけですが…	Poco
VIOLETTA ヴィオレッタ	Cerca[23] poscia mie lettere. おお、私にはそれで充分でしょうよ。 後で、見てきてね、私(宛ての)の手紙を。	Oh, mi sarà bastante[22];
ANNINA アンニーナ		Ma voi?... でも、貴女様は?…
VIOLETTA ヴィオレッタ	Nulla occorrà.[24] sollecita, se puoi... 用は何もないわ… 急いでね、できたら。	
	(Annina esce.) (アンニーナは出ていく。)	

Scena Quarta 第4景

	(Violetta, sola.) (ヴィオレッタただ一人。)
VIOLETTA ヴィオレッタ	*(Trae dal seno una lettera.)* (ヴィオレッタは胸から一通の手紙[25]を出し読む。)

(20) 『spart.』では「a' poveri」となっている。
(21) 「rimanvi」=「vi rimangono (貴女に残る)」。
(22) 『Spart.』では「bastanti」になっているが、意味に変わりなし。
(23) 「Cerca」は「cercare (探す)」の命令法・現在・二人称単数形だが、ここでは「(郵便受けにあるかどうか) 見てきて」のように考えたほうがよい。
(24) 「Nullo occorrà」=「Non occorrà niente」。「何も必要ないわ」。
(25) ヴィオレッタは、このジョルジョ・ジェルモンからの手紙を、これまで何度も繰り返し繰り返し読んできたと解釈される。

> *Teneste la promessa... la disfida* [26]
> *Ebbe luogo! il barone fu ferito,*
> *Però migliora... Alfredo*
> *È in stranio suolo* [27]; *il vostro sacrifizio*
> *Io stesso gli ho svelato;*
> *Egli a voi tornerà pel suo perdono;*
> *Io pur verrò... Curatevi... mertate* [28]
> *Un avvenir migliore.*
> *Giorgio Germonto.*

> 「貴女は約束を守られた… 決闘は
> 行なわれました！ 男爵は傷つきましたが、
> 快方に向かっています… アルフレードは
> 異国の地におります。貴女の犠牲は
> 私自身が彼に打ち明けました。
> 彼は貴女の許にお許しを求めに戻ります。
> 私もまた参ります… ご治療ください… 貴女は
> より良い未来に値いたします。
> ジョルジョ・ジェルモン」

(desolata)
È tardi!...

（絶望して）
遅いわ！…

(Si alza.)

（起き上がる。）

Attendo, attendo... né a me giungon mai!...

私は待ちに待っているのに… あの方たちは私のところにちっともお着きにならないわ！…

(Si guarda allo specchio.) [29]

（鏡を見る。）

Oh, come son mutata!

おお、なんという変わりようかしら！

Ma il dottore a sperar pure m'esorta! [30]
Ah, con tal morbo [31] ogni speranza è morta.

だけど、お医者様は私に希望を持つように励ますわ！…
ああ、この病気であらゆる希望は死んでしまったのよ。

---

(26)「disfida」は「（決闘などの）挑戦」だが、ここでは「決闘」。
(27)「stranio suolo」は「異国の地」。
(28)「mertate」=「meritate」。「貴女は〜に価する」。
(29)「Si guarda allo specchio.（鏡に自分自身を見る）」とは、「鏡に顔を写す」という意味。
(30)「il dottore mi esorta pure a sperare.」の構文。
(31)「morbo」は「（伝染病などの）疫病；病気」。

> Addio, del passoto bei sogni ridenti,
> Le rose del volto già sono pallenti;[32]

>> さようなら、過ぎし日々の美しく楽しい夢よ、
>> 頬のバラの花もすでに蒼ざめてしまっている。

> L'amore d'Alfredo pur esso[33] mi manca,[34]
> Conforto, sostegno dell'anima stanca...

>> (今は)私にはアルフレードの愛さえもない、
>> 疲れた魂の慰めであり、支え(であるのに)…[35]

> Ah, della traviata[36] sorridi al desio[37];[38]
> A lei, deh, perdona; tu accoglila[39] o Dio.

>> ああ、道を過った女の願いに微笑みください。
>> 彼女に、お願いです、お許しを。おお神よ、彼女をお受け入れください。

> Or tutto finì.

>> 今やすべては終わってしまったのだ。

> Le gioie, i dolori tra poco[40] avran[41] fine,
> La tomba ai mortali[42] di tutto è confine[43]!

>> 楽しみも苦しみも、もうじき終わりを迎えます、
>> 墓は生けるものにとって、すべての終末です!

> Non lagrima[44] o fiore[45] avrà la mia fossa,
> Non croce col nome che copra[46] quest'ossa[47]!

>> 私の墓には涙もお花も捧げられないでしょうし、
>> この骨を覆うような名前の彫った十字架もないでしょう![48]

---

(32)「pallenti」は、詩語で「蒼ざめた;蒼白の」。
(33)『Spart.』では、「pur esso」の代わりに「perfino」になっている。
(34)「mi manca」は、直訳すると「私に欠ける;不足する」。
(35) これは、前行「愛」の説明。
(36)「traviata」とは「道を踏みはずした女」の意味の形容詞女性形であるが、「una donna traviata(正道を踏みはずした女)」の意味で名詞的に使われている。ここで、ヴィオレッタは初めて自分自身をこの言葉で表現した。作曲家ヴェルディはこの言葉を用いて、このオペラの題名としたわけである。
(37)「desio」は「desiderio(望み)」の詩語。
(38) この二行は、神にたいする願いであるため、命令法・現在・二人称単数形が使われている。
(39)「accoglila」は「accogli(迎えてくれ)+ la(彼女を)」。
(40)『Spart.』では、「tra poco」が「fra poco」になっているが、意味は同じで「もうすぐ;間もなく」。
(41)「avran」は「avranno」のトロンカメント(語尾切断)。
(42)「mortali」は、複数形で「死ぬべき者たち」、つまり「人間」。
(43)「confine」は、普通は「境界;境界線」の意味だが、ここでは「終末;終わり」。
(44)『l. o.』では「lacrima」になっている。「lagrima」は詩語。
(45)「fossa」は、「墓穴」のほかに、「墓」を意味する。
(46)「copra」は「coprire(覆う)」の接続法・現在・三人称単数で、「覆うような」。
(47)「quest(e)'ossa」は「osso(骨[男性名詞・単数])」の女性名詞・複数形で、このときは「人間の骨」を意味する。
(48) ここは、今や財産もなくなったヴィオレッタが、最下級層の貧困者と同じように、墓碑銘のない共同墓穴に埋葬されることを予想していることを表わす。

Ah, della traviata sorridi al desìo;
A lei, deh, perdona; tu accoglila, o Dio.

ああ、道を過った女の願いにお微笑みください。
彼女に、お願いです、お許しを。おお神よ、彼女をお受け入れください。

Or tutto finì!

今や、すべては終わってしまったのだ！

(Siede.)

(座る。)

CORO di MASCHERE⁽⁴⁹⁾
仮装した人々の合唱

(all'esterno)

Largo⁽⁵⁰⁾ al quadrupede⁽⁵¹⁾
Sir⁽⁵²⁾ della festa,

(外で)

道を開けろ、四つ脚さまに、
祭りのご主人さまに、

Di fiori e pampini⁽⁵³⁾
Cinto⁽⁵⁴⁾ la testa.⁽⁵⁵⁾

花とブドウの葉で
頭を飾り…

Largo al più docile
D'ogni cornuto,⁽⁵⁶⁾

道を開けろ、一番おとなしい獣(けだもの)様に
あらゆる角をはやした獣の中で、

Di corni e pifferi
Abbia il saluto⁽⁵⁷⁾

角笛と横笛で
ご挨拶だ。

Parigini, date passo
Al trionfo del Bue grasso.⁽⁵⁸⁾

パリの住民たちよ、道をお譲りしろ
肥った牛様の凱旋に。

---

(49) 『l. o.』でも『Spart.』でも、「Coro baccanale（お祭り騒ぎの合唱）」あるいは、ただ「Baccanale（お祭りの騒ぎ）」となっている。
(50) 「largo」は「道を開けろ！；通せ！」。
(51) 「quadrupede」は「四つ脚動物」だが、ここでは、パリの謝肉祭のシンボルの「牛」。
(52) 「Sir(e)」は「殿様；ご主人」。
(53) 「pampini」は「ブドウの葉」。
(54) 「cinto」は「cingere ～ di（～で囲む；巻く）」の過去分詞。
(55) 『Spart.』では「Cinta la testa」になっているが、この方が文法的には正しい。
(56) 「cornuto」は「角を生やした獣」のことだが、「妻に裏切られた男」の意味もある。
(57) 「Abbia il saluto.」は、直訳すると「（牛様が）ご挨拶をお受けになるように」。
(58) 「Bue grasso（肥った牛）」は、パリの謝肉祭のシンボル。

> L'Asia, nè l'Africa
> Vide il più bello,

アジアもアフリカも
この一番美しい牛様を見たことがなかった、

> Vanto ed orgoglio⁽⁵⁹⁾
> D'ogni macello.⁽⁶⁰⁾

（この牛様は）名誉であり誇りである
すべての肉屋の…

> Allegre maschere,⁽⁶¹⁾
> Pazzi⁽⁶²⁾ garzoni,

仮装した陽気な人々よ、
喜び狂う若者たちよ、

> Tutti plauditelo⁽⁶³⁾
> Con canti e suoni!...

みんな、（牛様を）褒め称えるのだ
歌と楽器の音で！…

> Parigini, date passo
> Al trionfo del Bue grasso.

パリの市民たちよ、道をお譲りしろ
肥った牛様の凱旋に。

Scena Quinta　第5景

(Detta ⁽⁶⁴⁾ *ed Annina, che torna frettolosa.)*

（前出の女性と、慌ただしく戻ってくるアンニーナ。）

ANNINA
アンニーナ

(esitando)
Signora!⁽⁶⁵⁾

（躊躇しながら）
奥様！

VIOLETTA
ヴィオレッタ

Che t'accade?⁽⁶⁶⁾

貴女（あなた）、何が起こったの？

---

(59)　これは、前の牛の説明句。
(60)　「macello」は「屠殺場」の意味だが、「肉屋」としてもよい。
(61)　「maschere」は「仮面；仮装；仮装した人」。
(62)　「pazzi」は、「気の狂った」のほか、「（喜び・悲しみなどで）気の狂ったようになった」の意味もある。
(63)　「plaudire」は「applaudire（褒め称える）」の文語。
(64)　「Detta（前出の女性）」とは、当然ヴィオレッタのこと。
(65)　『l. o.』では、「Signora...」と感嘆符がない。
(66)　「Che t'accade?」は、直訳すると「お前に何が起こったの？」。

ANNINA アンニーナ	Quest'oggi, è vero? Vi sentite meglio?...	
	今日は、本当でございますね？ ご気分がよろしいのは？…	
VIOLETTA ヴィオレッタ	Sì, perché?	
	そうよ、でもなぜ？	
ANNINA アンニーナ	D'esser calma promettete?	
	落ち着いているとお約束なさってくださいますわね？	
VIOLETTA ヴィオレッタ	Sì, che vuoi dirmi?	
	いいわよ、貴女は何が言いたいの？	
ANNINA アンニーナ	Prevenir vi volli... Una gioia improvvisa...	
	心の準備をしていただきたくて… 思いもかけないお喜びの…	
VIOLETTA ヴィオレッタ	Una gioia!... dicesti?...	
	喜びですって！… 貴女そう言ったわね？…	
ANNINA アンニーナ	Sì, o signora...	
	はい、おお、奥様…	
VIOLETTA ヴィオレッタ	Alfredo!... Ah, tu il vedesti?... ei vien![67] l'affretta.[68]	
	アルフレードね！… 貴女は会ったの？… 彼が来たのね！… └急がせて。	

(Annina afferma col capo,[69] e va ad aprire la porta.)
（アンニーナは頷き、扉を開けに行く。）

Scena Sesta　第6景

(Violetta, Alfredo e Annina.)
（ヴィオレッタ、アルフレード、アンニーナ。）

VIOLETTA ヴィオレッタ	*(Andando verso l'uscio.)*
	（扉の方に行きながら。）

---

(67)「ei vien」=「egli viene」。
(68)「l'(o) affretta」は、「彼を急がせて」と他動詞だが、『Spart.』では「t'affretta （〔貴女よ〕急いで）」
　　と再帰動詞になっている。
(69)「afferma col capo」は「頭で確認の合図をする」、つまり「頷く」。

Alfredo!

アルフレード！

(Alfredo comparisce pallido per la commazione, ed ambedue, gettandosi le braccia al collo, [70] *esclamano:)*
Amato Alfredo!

（アルフレードは感動のあまり真っ青な顔で現れる。二人は、互いに首に抱きつきながら、叫ぶ）

愛するアルフレード！

ALFREDO
アルフレード

Mia Violetta! [71]
Colpevol [72] sono... so tutto, o cara.

僕のヴィオレッタ！
悪いのは僕だ… すべてを知っている、おお愛する人よ。

VIOLETTA
ヴィオレッタ

Io so che alfine reso mi sei!...

知っていたわ、最後には貴方は私に返されると！…

ALFREDO
アルフレード

Da questo palpito s'io t'ami impara, [73]
Senza te [74] esistere più non potrei.

この胸の鼓動から、僕が君をどんなに愛しているかを知って╷くれ、
君なしには、もう、僕は生きていられないだろう。

VIOLETTA
ヴィオレッタ

Ah, s'anco [75] in vita m'hai ritrovata,
Credi che uccidere non può il dolor.

ああ、私がまだ生きているうちに、貴方は私にお会いになれ╷たのだから、
信じていて下さい、苦悩は（人を）殺せないのだということを。

ALFREDO
アルフレード

Scorda l'affanno, donna adorata,
A me perdona e al genitor.

悲しいことは忘れておくれ、愛する女性よ、
僕と父を許しておくれ。

---

(70) 「gettandosi le braccia al collo」は、直訳すると「互いに首に両腕を投げ掛けながら」。
(71) 『Spart.』では「Oh mia violetta（おお、僕のヴィオレッタ）」となって、ヴィオレッタとアルフレードが、ともに最後に「Oh gioia（なんと嬉しいことだ）」と歌う。
(72) 「colpevole（罪のある；有罪の）」は、ここでは「悪いのは」。
(73) 「impara」は「imparare（習う；覚える；知る）」の命令法・現在・二人称単数。
(74) 「Senza te」は、仮定文の条件を表わす役をして「もし、君がいないなら」の意味で、次の帰結文「non potrei più esistere（もはや、ぼくは存在できないだろうに）」となる。
(75) 「s'anco」=「se ancora」。この場合の「se」は「〜なのだから」。

VIOLETTA ヴィオレッタ		Ch'io ti perdoni? la rea[76] son io; Ma solo amore[77][78] tal mi rendé...[79]

私が貴方を許すですって？ 悪いのは私ですわ。
だけど、愛だけが私をこのように変えてくれたのよ…

a 2 二人で	Null'uomo[80] o demone, angelo mio,[81] Mai più staccarti potrà da me.

人間であれ、悪魔であれ、おおわが天使よ、
あなたから私を引き離すことは絶対にできまい。

Parigi, o cara,/caro, noi lasceremo,[82]
La vita uniti[83] trascorreremo:

パリを、おおわが愛する人よ、離れましょう、
そして、人生を、ともに離れないで送りましょう。

De' corsi affanni[84] compenso avrai,
La mia/tua salute rifiorirà.[85]

あなたは過ぎし日の苦しみの償いを得るでしょう、
貴女の/私 の 健康は再び蘇えるでしょう。

Sospiro[86] e luce tu mi sarai,
Tutto il futuro ne[87] arriderà.[88]

あなたは、私の命であり光になるでしょうし、
未来はすべて、私たちに微笑んでくれるでしょう。

---

(76)「rea」は「邪な；罪のある」。ここの「La rea」は「罪のある女性」。
(77)「amore」は、ここでは「貴方への愛情」。
(78)『Spart.』では「solo amor」とトロンカメント形になっている。
(79)「mi rendé」は「私を（そのように［=tal(e)］）させた」。
(80)「Null(o) uomo」の「nullo」は、不定形容詞「nessuno（どんなAもBも～でない）」で、ここの訳は「どんな人間でも悪魔でも私をあなたから絶対に引き離せない」。
(81)『Spart.』では、この二行は以下のようになっているが、意味はまったく変わらない。
　　　　Null'uomo e demon, angiol mio,
　　　　Mai più dividermi potrà da te.
(82) この二重唱の歌詞は、第一行目で、アルフレードが「o cara（おおわが愛する女〔ひと〕よ）」と歌い、ヴィオレッタが「o caro（おおわが愛する男〔ひと〕よ）」と歌うところが違うだけ。
(83)「uniti」は「一つになって；一つに結ばれて」。
(84)「De'(i) corsi affanni」は「過ぎ去った(corsi) 苦しみ(affanni)の償い(compenso)」という意味。
(85) 二行目では、アルフレードが「la tua salute rifiorirà（君の健康は再び花を咲かせるだろう）」と歌い、ヴィオレッタは「la mia salute rifiorirà（私の健康は再び花を咲かせるだろう）」と歌う。
(86)「sospiro」は「息；呼吸」。つまり、ここでは「命」。
(87)「ne」=「ci」。「われわれに」。
(88)「arriderà」は「微笑んでくれる；好意的である」。

VIOLETTA ヴィオレッタ	Ah, non più[89], a un tempio.[90] Alfredo, andiamo, Del tuo ritorno grazie rendiamo.[91]	

ああ、もうこれ以上はだめ… アルフレード、教会に参りまし
貴方が戻ったお礼を申し上げましょう…　　　　　　└ょう、

(Vacilla.)

(よろめく。)

ALFREDO アルフレード	Tu impallidisci.[92]

君は真っ青だ…

VIOLETTA ヴィオレッタ	È nulla, sai![93]

　　　　　　　　何でもないのよ、いいわね！

Gioia improvvisa non entra mai[94]
Senza turbarlo in mesto core...

思いがけない喜びというものは決して入らないの
悲しい心の中には、心を掻き乱さずには…

(Si abbandona come sfinita sopra una sedia col capo cadente all'inditro.[95])

(疲れはてたように椅子の上に崩れるように座り、頭をうしろに仰向けにだらんと
させたまま。)

ALFREDO アルフレード	*(spaventato, sorreggendola)* Gran Dio!... Violetta!

(驚いて、彼女を支えながら)
おお、なんということだ！… ヴィオレッタ！

VIOLETTA ヴィオレッタ	*(sforzandosi)* 　　　　　　　　È il mio malore.[96] Fu debolezza[97]! ora son forte...

(無理に努力しながら)
　　　　　　　　　　　私の病気なの…
力が急に抜けたのよ！　もう力がでたわ…

---

(89)「non più」は「もはや〜でない」。ここの訳の「これ以上はだめ」とは、「これ以上ぐずぐずしていてはだめ」ということ。
(90)「tempio」は、普通は「寺院」だが、ここでは「教会」。
(91)「rendiamo grazie del tuo ritorno」のことで、「貴方のお帰りについて私たちはお礼を述べましょう」ということ。
(92)『l. o.』と『Spart.』では、「Tu impallidisci!」と感嘆符がある。
(93)「sai」は「分かるわね！；いいこと！」。
(94)「non 〜 mai」は「決して〜ない」。
(95)「col capo cadente indietro」は、直訳すると「椅子のうしろにたれたままの頭で」。
(96)「malore」は「病気」。
(97)「debolezza」は「衰弱；弱さ」。

	(sforzandosi)
	Vedi?⁽⁹⁸⁾ sorrido...
	（無理に努力しながら）
	ね？… 私、微笑んでいるでしょう…
ALFREDO アルフレード	*(desolato)*
	(Ahi⁽⁹⁹⁾ cruda⁽¹⁰⁰⁾ sorte!...)
	（苦悩に満ちた様子で）
	（なんと痛ましいことだ、残酷な運命だ！…）
VIOLETTA ヴィオレッタ	Fu nulla... Annina, dammi a vestire.⁽¹⁰¹⁾
	何でもなかったのよ… アンニーナ、着るものをくださいな。
ALFREDO アルフレード	Adesso?⁽¹⁰²⁾ Attendi...
	今だって？… 待ちなさい…
VIOLETTA ヴィオレッタ	*(alzandosi)*
	No... voglio uscire.⁽¹⁰³⁾
	（起きながら）
	いやよ… どうしても出掛けたいの。

(Annina le presenta una veste⁽¹⁰⁴⁾ ch'ella fa per indossare,⁽¹⁰⁵⁾ e, impeditane dalla debolezza⁽¹⁰⁶⁾ esclama:)
Gran Dio! non posso!

（アンニーナは彼女に部屋着を差し出し、彼女はそれを着ようとするが、体力がないのでできずに叫ぶ）

どうしましょう！… できないわ！

(Getta con dispetto la veste e ricade sulla sedia.)

（腹立たしげに部屋着を投げ捨て、再び椅子に倒れる。）

---

(98)「Vedi?」は「見た？；ご覧になった？」だが、ここでは「ね？」。
(99)「Ahi」は、苦悩・痛みなどを表わす間投詞。
(100)「crudo」は、普通「生の」の意味だが、ここでは詩語として「残酷な；無慈悲な」。
(101)「a vestire」は、ここでは「da vestire（着るもの）」のことだが、正しい使い方ではない。
(102)「Adesso?」は、『l. o.』では「Adesso!（今！）」になっている。
(103)「voglio uscire」は、強い意志を表わしている。
(104)「veste」は、ここでは「部屋着（=vestaglia）」。
(105)「ch'ella fa per indossare」は「それを彼女は着ようとする」という意味。
(106)「impeditane dalla debolezza」は、直訳すると「衰弱によりそれを妨げられて」。

ALFREDO アルフレード	*(ad Annina)*	(Cielo!... che vedo!.[107])

Va pel dottore...

(アンニーナに)

　　　　　　　　　　(おお神よ!… なんということだ!…)

医師を呼びに行ってくれ…

VIOLETTA ヴィオレッタ	*(ad Annina)*

　　　　　　　　　　Digli[108] che Alfredo
È ritornato all'amor mio...
Digli che vivere ancor vogl'io.[109]

(アンニーナに)

　　　　　　　　　あの方に言ってちょうだい、アルフレードが
私の愛の許に帰ってまいりましたと…
申し上げてね、私はまだ生きたいのですと…

(Annina parte.)

(アンニーナは出掛ける。)

(ad Alfredo)

Ma se tornando non m'hai salvato,
A niuno[110] in terra salvarmi è dato.

(アルフレードに)

貴方がお帰りになって私を救えなかったとしたら、
この地上では誰も私を救えませんのよ。

(sorgendo impetuosa) [111]

Gran Dio! morir sì giovane,[112]
Io che penato ho tanto!

(激しい勢いで起き上がりながら)

おお、神様! こんなに若くて死ぬとは
大変苦しんできたこの私が!

Morir sì presso a tergere[113]
Il mio sì lungo pianto

　(これで)死ぬとは、もうすぐ拭えるときだというのに、
私のこれほど長いあいだの涙を!

---

(107)「che vedo?」は「何を私は見ているのだ?」、つまり「これはどうしたことだ!」という意味。
(108)『Spart.』では「Ah! digli...(ああ、彼に言ってちょうだい、...と)」となっている。
(109)「vogl'io」=「voglio io」。
(110)「niuno」=「nessuno」。「誰も〜でない」。
(111)『l. o.』では、ここからが第7景(最終景)になっている。
(112)『Spart.』では、「giovane」の古い形である「giovine」が使われている。
(113)「sì presso a tergere」は、直訳すると「(涙を)拭うのがこんなに近くなっているときに」。

Ah, dunque fu delirio
La cruda mia speranza;[114]

ああ、それでは、幻想だったのね
私の（どこまでも）惨い希望は。

Invano[115] di costanza[116]
Armato avrà il mio cor![117]

私の心が変わらぬ愛で固めてきたのも
何もならなかったのね！

Alfredo!... oh, il crudo termine[118]
Serbato al nostro amor!

アルフレード！… おお、なんと酷い終わりが
準備されていたのでしょう、私たちの愛には！

ALFREDO
アルフレード

Oh mio sospiro e palpito,
Diletto del cor mio!...

おお、僕の息吹であり、鼓動であり、
僕の心の喜びである君よ！…

Le mie[119] colle tue lagrime
Confondere[120] degg'io...

僕の涙を君の涙と
一緒にしなければならない…[121]

Ma più che mai,[122] deh,[123] credilo,[124] [125]
M'è duopo di[126] costanza.

だが、これまで以上に、お願いだ、信じてくれ、
僕には変わらぬ愛が必要なのだ。

---

(114)『Spart.』では、「credula speranza（軽々しく信じてしまった希望）」となっている。
(115)「invano」は「空しく；役に立たずに」。
(116)「costanza」は、「強固な意志」だが、ここでは「貴方にたいする変わらぬ愛」。
(117)『Spart.』と『l. o.』では、「Armato avrò il mio cuore.」と主語が一人称単数になっている。つまり、直訳すると「私は（無駄に〔＝invano〕）自分の心を（変わらぬ節操で〔＝di costanza〕）武装してきたのかしら」となる。
(118)『Spart.』では、「Oh Alfredo, il crudo termine...」となっている。
(119)「le mie」＝「le mie lacrime」。「ぼくの涙」。
(120)「Confondere degg'io」＝「Io devo confondere」。「ぼくは一緒にしなければ（混ぜなければ）ならぬ」、つまり「一つにしなければならない」
(121) これは、結局、「二人の流す涙は一つのもの」ということ。
(122)「più che mai」は「これまで以上に」。
(123)「deh」は願望の間投詞。
(124)「credilo」＝「credi（信じよ）＋ lo（それを）」。
(125) この二行は、『l. o.』では以下のようになっている。
　　　Or più che mai, nostr'anime　　今や、これまで以上に私たちの魂には
　　　Han duopo di costanza...　　　変わらぬ愛が必要だ…
(126)「è uopo di ～」は「～が必要である」。

> Ah! tutto⁽¹²⁷⁾ alla speranza
> Non chiudere⁽¹²⁸⁾ il tuo cor.
>
> ああ！ 希望にたいし閉じないでおくれ
> 君の心のすべてを。
>
> Violetta mia, deh, calmati,⁽¹²⁹⁾
> M'uccide il tuo dolor.
>
> 僕のヴィオレッタ、お願いだ、心を静めてくれ、
> 君の苦しみは僕を殺してしまう。
>
> *(Violetta s'abbatte sul canapè.)*
>
> （ヴィオレッタはソファーに身を投げ出す。）

Scena Ultima　最終景

> *(Detti, Annina, il signor Germont, ed il Dottore.)*
>
> （前出の人々、アンニーナ、ジェルモン氏、それと医師。）

GERMONT ジェルモン	*(entrando)* Ah, Violetta!... （入ってきて） ああ、ヴィオレッタ！…
VIOLETTA ヴィオレッタ	Voi, Signor!... 貴方様で！…
ALFREDO アルフレード	Mio padre! 父上！
VIOLETTA ヴィオレッタ	Non mi scordaste? 私をお忘れになりませんでしたのね？
GERMONT ジェルモン	La promessa adempio... A stringervi qual figlia⁽¹³⁰⁾ vengo al seno,⁽¹³¹⁾ O generosa... 約束を私は果たします… 貴女を娘として胸に抱きしめに参りました、 おお、寛大な女性よ…

---

(127)「tutto」は、「il tuo cuore」にかかり、「tutto il tuo cuore」。
(128)「Non chiudere」は、命令法・現在・二人称単数で、「君、閉じるな！」、つまり「最後まで希望を持ってくれ」という意味。
(129)「calmati」は「calmarsi（落ち着く）」の命令法・現在・二人称単数。
(130)「qual(e) figlia」は「娘として」。
(131)「vengo a stringervi al seno（私は、貴女を胸に抱きしめに参りました）」の構文。

VIOLETTA ヴィオレッタ		Ahimè,⁽¹³²⁾ tardi giungeste! ああ悲しいこと、お着きになるのが遅すぎました！

(Lo abbraccia.)
（彼を抱擁する。）

Pure, grata ven sono.⁽¹³³⁾
でも、貴方様に感謝いたしております。

Grenvil, vedete? tra le braccia io spiro⁽¹³⁴⁾
Di quanti⁽¹³⁵⁾ ho cari al mondo.⁽¹³⁶⁾
グランヴィル先生、お分かりでしょう？　私は腕の中で息を
　　　　　　　　　　　　　　　　　└引き取りますの、
この世で私が親しいと思っている方々の（腕の中で）…

GERMONT ジェルモン		Che mai dite! *(osservando Violetta)* (Oh cielo... è ver!)

（彼女をよく眺めて）
貴女はなんということをおっ
　　　　　　　　　　　└しゃるのだ！
（おお神よ… 本当だ！）

ALFREDO アルフレード	La vedi, padre mio? お分かりになりましたか、父上？
GERMONT ジェルモン	Di più non lacerarmi.⁽¹³⁷⁾ Troppo rimorso l'alma⁽¹³⁸⁾ mi divora.⁽¹³⁹⁾ これ以上私の心を引き裂かないでくれ… あまりにも多くの悔悟の念が魂を苦しめる…

Quasi fulmin⁽¹⁴⁰⁾ m'atterra⁽¹⁴¹⁾ ogni suo detto.⁽¹⁴²⁾
まるで雷のように、彼女の一言一言が私を打ちのめす…

---

(132)『l. o.』では「Oime, ...」。
(133)「grata ven son」=「ve ne sono grata」。「私は、来てくださったことについて（=ne）貴方に（=vi）感謝しております」。
(134)「spiro」は「（私は）息を引き取る」。
(135)「quanti」は「（私がこの世で親しいと思っている）すべての人々」。
(136)『Spart.』では、「di quanti cari ho al mondo」となっている。
(137)「non lacerarmi」は、「（これ以上）私を引き裂かないでおくれ」とのアルフレードにたいする願い。
(138)「alma」は、詩語で「魂；心」。
(139)「divora」は「（私の魂を）貪り食う」だが、ここでは「心を苛む」のような意味。
(140)「Quasi fulmin(e)」は、ここでは「稲妻のように」だが、日本語なら「雷（いかずち）」の方が適訳。
(141)「m'(i) atterra」は「私を地面に打ち倒す」。
(142)「detto」は「言ったこと；言葉」。

Oh, malcauto vegliardo!⁽¹⁴³⁾
Ah, tutto il mal ch'io feci ora sol vedo!

おお、なんと無分別な老人だったのだろう！
ああ、私がしたすべての悪いことが今になって分かるとは！

VIOLETTA
ヴィオレッタ

(frattanto avrà aperto a stento un ripostiglio⁽¹⁴⁴⁾ *della toilette,*⁽¹⁴⁵⁾ *e toltone un medaglione dice:)*
Più a me t'appressa...⁽¹⁴⁶⁾ ascolta, amato Alfredo.

（そのあいだに、やっとのことで化粧台の引出しを開け、そこからロケットを取りだして言う）

もっと私に近寄って… 聴いて、私の愛するアルフレード。

Prendi; quest'è l'immagine
De' miei passati giorni;

受け取ってくださいね、これは私の絵姿よ、⁽¹⁴⁷⁾
私の過ぎ去った日の。

A rammentar⁽¹⁴⁸⁾ ti torni
Colei che⁽¹⁴⁹⁾ sì⁽¹⁵⁰⁾ t'amò.

貴方がもう一度思い出してくださいますように、
貴方をかくも愛した女を。

Se una pudica⁽¹⁵¹⁾ vergine
Degli anni suoi nel fiore
A te donasse il core...
Sposa ti sia... Io vo'!⁽¹⁵²⁾

もし、花の盛りの年頃の
慎み深い乙女が
貴方に心を与えたとしたら…
その方が貴方の花嫁でありますようにと… 私は望んでおります。

Le porgi questa effigie:⁽¹⁵³⁾

（その時は）その女性にこの絵姿をあげてくださいね。

---

(143)「or(a) sol(o) vedo」は「今になって分かる」。『Spart.』では、「ora sol vedo」になっている。もちろん意味は同じ。
(144)「ripostiglio」は「しまっておく所；隠し場所」だが、ここでは「引出し」。
(145)「toltone」は「そこから（＝ne）取りだして」。
(146)「t'appressa」は、文語「appressarsi（近づく）」の命令法・現在・二人称単数。
(147) ここは、「これは私の昔のポートレイト（絵姿）よ」ということ。
(148)「rammentar ti」=「rammentarti」。「思い出す」。
(149)「colei che ～」は「～（した）その女性」。
(150)「sì」=「così」。「そんなに（心から）」。
(151)「pudica」は「慎み深い；汚れのない」。
(152)「Sposa ti sia io vo'.」=「Io voglio che (lei) ti sia sposa.」。
(153)『Spart.』では、「quest'effigie」になっている。

第 3 幕

> Dille che dono ell'è[154]
> Di chi nel ciel tra gli angeli
> Prega per lei, per te.

> （そして）彼女に言ってくださいね、これは贈り物だと、
> 天空で、天使に囲まれて、
> 彼女と貴方のためにお祈りしている者からの。

ALFREDO
アルフレード

> No, non morrai, non dirmelo[155]
> Dêi[156] viver, amor mio...

> いやだ、君は死なないよ、僕にそんなことを言わないでくれ…
> 君は生きなければならない、僕の愛する人よ…

> A strazio sì terribile
> Qui non mi trasse[157] Iddio...

> このような恐ろしい責め苦に（あわすために）
> 神は僕をここに連れてきはしなかった（はずだ）…

> Sì presto, ah no, dividerti
> Morte non può da me.[158]

> こんなに早く、ああ、だめだ、死が僕から
> 君を引き離すことはできないはずだ。

> Ah, vivi, o un solo feretro
> M'accoglierà con te.

> ああ、生きるのだ、さもないと、ただ一つの棺が
> 僕を君と一緒に迎えることになるだろう。

GERMONT
ジェルモン

> Cara, sublime vittima
> D'un disperato amore,

> いとしい、崇高な犠牲者よ
> 望みなき愛の、

> Perdonami[159] lo strazio
> Recato[160] al tuo bel core.

> 許しておくれ、むごい苦しみを
> （私が）貴女の美しい心に与えた（苦しみを）。

(154)「che dono ell'è」=「che ella (=effigie) è dono (次行の「di chi ～」以下)」。「それは、（～からの）贈り物だと」。
(155)「non dirmelo」=「non dire (言うな) + a me (ぼくに) + lo (それを)」。
(156)「Dêi」=「devi」。「l. o.」では、次の動詞が「vivere」と、トロンカメント（語尾切断）していない。
(157)「trasse」は「trarre（連れてくる）」の直説法・遠過去・三人称単数。
(158)「Morte non può dividerti da me.」の構文。
(159)「Perdonami」の「mi」は、目的語「私を」ではなく、「私のために；私に免じて」の意味であり、本当の目的語は「lo strazio（非常な苦しみ）」。このため、「私が与えた苦しみを」と意訳してもよい。
(160)「Recato」は「もたらせた；運んだ」。

GERMONT, DOTTORE e ANNINA ジェルモン、医師、アンニーナ	Finché avrà il ciglio⁽¹⁶¹⁾ lacrime Io piangerò per te. 目に涙があるかぎり 私は貴女のために泣くでしょう。 Vola a' beati spiriti;⁽¹⁶²⁾ Iddio ti chiama a sé. 天使の国に飛んでいきなさい。 神はご自分の許に貴女をお呼びです。
VIOLETTA ヴィオレッタ	*(rialzandosi animata)* È strano!... （生気を取り戻し、起き上がりながら） 不思議だわ！…
TUTTI 一同	Che! どうしたんだ！
VIOLETTA ヴィオレッタ	Cessarono Gli spasmi⁽¹⁶³⁾ del dolore. 止んだのです、 痛みの発作が。 In me rinasce... m'agita⁽¹⁶⁴⁾ Insolito⁽¹⁶⁵⁾ vigore⁽¹⁶⁶⁾! 私の中に蘇えり… 私を揺り動かす いつもと違った力強さが！ Ah! io ritorno a vivere.⁽¹⁶⁷⁾ *(trasalendo)* Oh gio...ia! ああ、私はもう一度生きるのだわ… （強く身を震わせ） おお、うれ… しいわ！ *(Ricade sul canapè.)* （ソファーに再び倒れる。）

(161)「ciglio（まつげ）」は、詩語として「目」の意味に使われる。
(162)「a'(i) beati spiriti（至福の霊に）」とは「天使たち（の国）に」ということ。
(163)「spasmi」は「痙攣；発作」。『Spart.』では、「Gli spasimi（激痛）」になっているが、「spasmi」と同じだと思えばよい。
(164)『l. o.』では、「m'anima（私を活気づける）」となっている。
(165)「insolito」は「いつもとは違った；普通ではない」。
(166)『Spart.』では、「vigor」とトロンカメント（語尾切断）。
(167)『Spart.』では、「Ah! ma io ritorno a viver.」となっている。意味上の違いはほとんどない。

TUTTI 一同		O cielo!... muor!
		おお神よ！… 死んでいく！
ALFREDO アルフレード	Violetta!...	
	ヴィオレッタ！	
ANNINA e GERMONT アンニーナとジェルモン		Oh Dio, soccorrasi.[168]
		おお、神様、助かりますように…
DOTTORE 医師	*(dopo averle toccato il polso)* È spenta![169]	
	（手首に触ってから） 息を引き取られました！	
TUTTI 一同	Oh mio dolor![170]	
	おお、なんという悲しみだ！	
	(Quadro [171] *e cala la tela.)* （一同立ちすくんだままのなか、幕が下りる。）	

Fine　終

---

(168)「soccorrasi」=「si soccorra（接続法・現在・三人称単数）」で、「彼女が救助されますように」との願望文。
(169)「È spenta」は、「(生命の火が) 消えた」ということから、「死んだ」の意。
(170)『l. o.』では、「mio dolore」が「reo dolore（罪深い苦しみだ）」とも歌われるが、これは、各人が生前のヴィオレッタに示した無慈悲な行為、手前勝手な行為などを後悔しているさまを表わす。
(171) ト書きの「Quadro（絵）」は、「(舞台・劇などの場合)場」を意味するが、ここでは「舞台上で一同が一枚の絵のように立ちすくんで動かないさま」を指す。

訳者あとがき

1．ヴェルディのオペラ《La traviata（道を踏みはずした女）》と、その元になったデュマ・フィスの戯曲『La Dame aux camélias（椿の花をつけた淑女）』（邦題『椿姫』）の題名の違いについて

　1840年に最初の妻マルゲリータ・バレッツィを病気で失ったジュゼッペ・ヴェルディは、1852年の初め、やがて生涯の伴侶となる元ソプラノ歌手のジュゼッピーナ・ストレッポーニ（1859年に正式に結婚）とともにパリで暮らしていた。ちょうどその頃、パリでは五年前に小説『椿姫』で華々しい文壇デビューを果たしたアレクサンドル・デュマ・フィス（小デュマ）が、小説と同じ題材を使って書いた戯曲『椿姫』（原名『La Dame aux camélias』）を上演し、小説を上回る大成功を収めていたのであった。ヴェネツィアのフェニーチェ劇場から新作オペラの作曲を依頼されていたヴェルディが、この大評判の戯曲を観劇して、これのオペラ化を考えたのは当然ともいえるのであった。

　また、戯曲『椿姫』の中で、主人公の高級娼婦と田舎出の純朴な青年との恋物語が、当時の古い偏見にもとづく社会的通念に受け入れられず悲劇に終わるという内容が、ヴェルディの心を強く捕らえたとの見方もある。というのは、その頃、ヴェルディは、過去に複数の男性と関係をもったことのあるストレッポーニとの間柄が、故郷のブッセート町の人々とそこに住む亡妻の父親であり、若い苦難時代の恩人アントニオ・バレッツィからも、また、新たに屋敷を建てたサン・ターガタの村人たちからも好意をもって受け入れられないことに心を悩ましていた。だが、ヴェルディは自分の真の愛情の対象であるストレッポーニの人格と自由を尊重し、因習と非合理的な偏見に縛られた社会に反感を抱いていたので、この戯曲を初めて観たとき、おそらくその内容にも心を打たれ、これのオペラ化に踏み切る決心をしたのではないかとも思われるのである。こうして、ヴェルディのオペラの中でも最も世界中で人気のあるオペラの一つであり、また、当時の社会風俗を主題にした彼の唯一のオペラが誕生したのである。

　デュマ・フィスの小説および戯曲の題名が『椿の花をつけた淑女（La Dame aux camélias）』、つまり『椿姫』であったのに、ヴェルディがこれをわざわざ《道を踏みはずした女（La traviata）》に変更したことについては、この作曲家が1853年1月1日、つまり、オペラの初演より三か月前にナポリの友人チェーザレ・デ・サンティスに送った手紙がよく引用されるが、その中で、ヴェルディは次のように述べている。

　「私は、ヴェネツィア（註：フェニーチェ劇場）で《La Dame aux camélias》を上演しますが、たぶん《La traviata（道を踏みはずした女）》という題名とな

るでしょう。テーマは現代的なものです。他の作曲家なら、衣装や時代その他多くの馬鹿げた理由で拒否をしたと思います。……」

　デュマ・フィスの戯曲の評判が一世を風靡していた当時ならいざ知らず、元となった戯曲を知らないでオペラだけを見る現代人には、題名が《La Dame aux camélias》(椿姫)では何のことか分からず、《La traviata》(道を踏みはずした女、あるいは道を誤った女)の題名ならオペラの筋書きを知った上で、なるほどと納得できるわけだ。この点でもヴェルディの先見の明、題名を選ぶに当たっての熟慮には感服するばかりである。実際、オペラ《ラ・トラヴィアータ》の中でも、この「la traviata」の言葉は何回も出てくるものではなく、第3幕第4場で二度繰り返されるだけである。つまり、すでに死期の近づいたことを悟り、しかも、愛するアルフレードがいくら待っても現れないことに絶望したヴィオレッタが、神に救いを求めて、初めて「ああ、道を誤った女の願いにお微笑みください。彼女に、お願いです、お許しを(お与えください)。おお、神よ、彼女をお受け入れください」と歌うのであって、原文を知らないオペラ・ファンなら気づかずに聴き過ごしてしまうに違いない。つまり、このオペラの日本での題名が、原作の戯曲と同じ《椿姫》であり続けてきたことは、たとえその題名が、いかに美しく日本人好みであるにせよ、作曲者ヴェルディのせっかくの意図にはそぐわないことになるわけだ。

2．本当に存在した、デュマ・フィスの戯曲『椿姫』のヒロインの短い生涯

　《ラ・トラヴィアータ》の女主人公ヴィオレッタ・ヴァレリー、つまりその原作の戯曲『椿姫』の女主人公マルグリット・ゴーティエは実際に存在した女性である。彼女は本名をアルフォンシーヌ・プレシといい、1824年1月20日に緑豊かなノルマンディー地方のある寒村で、行商人の父とその妻の間に生まれた。十歳で母を失ったアルフォンシーヌは、やがて酒乱で貧しい父親にパリに出されたが、美貌と優雅な肢体に恵まれていたため、十五歳で簡単に安レストランの主人の囲い者になってしまう。しかし、間もなく偶然のことから名門グラモン公爵家の令息で美男子の遊蕩貴族アジェノール・ド・ギッシュ(彼はその後ナポレオン三世の外相にまで出世する)に見初められたのがきっかけで、彼をパトロンとして、それまでのレストランの主人のたんなる囲い者から、パリでも指折りの高級娼婦になる門戸が開かれる。アジェノールは手に入れた美女アルフォンシーヌに、読み書きや行儀作法はもちろんのこと、音楽・芸術・文学から馬術まで、上流社会の遊び仲間の前に出しても恥ずかしくないような教養の特訓教育を施し、着るものから身に付けるものまで一新させた。こうして、彼女の生来の頭の良さもあって、わずか一年後には名前もアルフォンシーヌからマリーに変え(これは彼女の母の名でもあった。また、姓も貴族風にデュを入れ、デュプレシとした)、生まれ

つきの美貌に新たなる気品も加わり、パリの有名劇場のアジェノール青年公爵の桟敷に「天使のような」と表現されたような清楚で洗練された容姿を現し、パリ中の男性はおろか女性の注目も集めるようになったのである。

こうして、まだ十七歳になったばかりでありながら、男性を魅惑し歓喜させる術では一人前の玄人になっていたマリーは、デュマ・フィスの造った言葉「demi-monde」（上流社会に寄生する高級娼婦などを中心とした裏社交界）の一大スターとなったのである。彼女はやがて若公爵とは別れることになるのだが、その頃には、豪華なマンションに住み、贅を尽くした馬車を所有し、華やかなパーティーを催すなど、贅沢三昧な生活に慣れ切ってしまっていた。そして、この若い美女の莫大な支出を支えられるパトロンには、エドワール・ド・ペレゴー伯爵のような莫大な遺産を使って暮らす青年貴族や、1814年のウイーン会議で駐オーストリア・ロシア大使を務めた元外交官ギュスターブ・ド・スタッケルベルグ伯爵のような巨額な資産を持つ老人などしかなれなかったのも事実である。それでも、いざ金が必要となれば、大金を払っても、あるいは高価な贈り物を捧げても、この二十歳そこそこの稀にみる美女と一夜をともにしたい金持ちの男性には事欠かなかったらしい。しかし、マリーは生来の虚弱体質の上に放埓な生活が加わったのが原因で、長年患っていた肺結核が悪化の一途をたどっていた。また、身体が資本である商売だけに、病気が重くなってからは質屋に品物を運ぶような生活状態に陥り、1847年2月2日から3日にかけての深夜、わずか二十三歳の若さでこの世を去ることになる。

彼女の死とその直後に行なわれた遺品の競売が、いかにパリ中の関心を集めたかは、ちょうどパリ滞在中の英国人作家チャールズ・ディケンズが友人宛ての手紙に中で、パリを退廃の町と断定していた英国人らしい冷ややかさで、「今、パリで最重要の話題になっているのは、政治でも芸術でも商業でもなく、ある高級娼婦の死とその遺品の競売の話である」と伝えているほどだ。

さて、マリーのあまりにも短い人生において、金銭関係を度外視して心から愛した青年が二人いた。一人は、彼女をその小説と戯曲『椿姫』で不滅の人物として描いた同い年の青年デュマ・フィスであり、もう一人は、当時三十四歳の天才ピアニストとしてヨーロッパ中にその名を知られたフランツ・リストであった。まず、リストの方から述べるならば、女好きで有名だったリストは、1845年11月にマリーを一時期治療していたドイツ人医師を通じて、約三か月前にデュマ・フィスと別れたばかりの彼女と知り合った。リストとの場合は、マリーの方が一方的にのぼせ上がっていたようで、リストとマリーの関係は、彼女の死を知ったとき、リストが友人に書いた次の手紙である程度うかがい知ることができる。「……彼女は、ぼくが愛した女性でどこかの墓の中で蛆虫に食われるがままに放置されている最初の女性だ。彼女は十五か月前にこう言ったものだった。『私の命は長く

ありません。私はこのような生活に耐えることはできませんから、貴方(あなた)のお好きな所に連れて行ってください。ご迷惑はかけません。昼間は一日中寝ておりますし、夕方は劇場に行かせておいてくだされば充分です。そして夜は、貴方は私を好きなようになさって結構です』と。……」

一方、デュマ・フィスの方だが、彼とマリーの関係は、小説と戯曲の中で書かれているもののうち約三分の一が事実で、あとの三分の二は創作だといわれている。当然、戯曲『椿姫』を土台にしたオペラ《ラ・トラヴィアータ》の中でも、ヴィオレッタとアルフレードの関係として物語られているものは、デュマ・フィスとマリーの間で実際に起こったことの一部と考えてもよいわけだ。『三銃士』、『モンテ・クリスト伯』など多くの傑作を書いた大文豪アレクサンドル・デュマ・ペール（Alexandre Dumas père）を父に、お針子であった母とのあいだに庶子として生まれたデュマ・フィスは、浪費家の父からは経済的な援助を得られないまま、また作家志願者としては偉大な作家の父の姿に押し潰されたままの生活を送っていた。デュマ・フィスが初めてマリーを見たのは1844年で、後日、その時のマリーの印象を「……小さな顔に日本女性のような切れ長のエナメルのような目がついていて、その輝きは鋭いものであった。さくらんぼうのような赤い唇からのぞく白い歯は、この世のものとは思えないほど美しかった。……」と書いている。マリーは、娼婦が本当の恋をすることの危険性をよく知り、しかもデュマ・フィスにはお金がないことはよく分かっていたにもかかわらず、人好きのするこの若者の本心からの親切にほだされて、二人は互いに二十歳という若さもあって、約一年半少々の短い期間であったが、激しく愛し合ったのである。だが、やがてデュマ・フィスが彼女の健康を気遣い、田舎に一緒に引きこもることを提案するのだが、彼女に拒否をされたのを機会に、「……ぼくは自分の思うように君を自由にできるほど金持ちではないし、また、君の思いどおりになるほど貧しくもない。だからお互いに忘れあうことにしよう。……」との手紙を残して、彼女の元を立ち去ることになる。考えてみれば、オペラの主人公アルフレードとは違って、デュマ・フィスには高級娼婦のマリーとは本気で結婚する意志はなかったものと想像される。その後、父親との旅行のため、彼女の死にはもちろんのこと、葬儀にも出席できなかったが、遺品の競売には駆けつけて、いくつかの思い出の品を手に入れたといわれる。

デュマ・フィスは、彼女が死んでから二か月後に、昔二人で過ごしたことのあるパリ郊外の田舎の宿屋にこもり、彼女との思い出をもとにして、短時間で彼の文壇デビュー作となる小説『椿姫』を書き上げ、翌年の1848年に出版し、大成功を収めた。また、小説を戯曲化した『椿姫』も、1852年2月2日、つまり偶然にもマリーの死からちょうど5年目の命日に初演され、小説に勝る大成功を収めたのである。まさに、デュマ・フィスと高級娼婦マリーとの束の間の情事は、この

作家の名前を文学史上に残すもとになったのであり、小説も戯曲も忘れ去られた今は、一年中世界のどこかで上演し続けられているヴェルディの不朽の名作オペラ《ラ・トラヴィアータ》の中で生き続けているわけである。

3．『椿姫』の題名のもとになった椿の花

　オペラ《ラ・トラヴィアータ》の邦題となっている《椿姫》の名が、デュマ・フィスの小説および戯曲から出たものであることはこれまで述べてきた。しかし、マリー・デュプレシの伝記としては一番詳しいミシュリーヌ・ブーデ著『La Fleur du Mal（悪の華）』（邦訳は中山真彦訳『よみがえる椿姫』。白水社刊）によると、マリーは生前に「椿姫」と呼ばれたことはなかったらしい。しかし、劇場では、桟敷の手すりには必ず椿の花束とボンボンの包みを置き、胸には椿の花を差していたという彼女の椿の花好み伝説は本当のようである。マリーは強い花の香りを嫌っていて、毎日たくさんの新鮮な花で家の中の部屋部屋を飾らせていたが、匂いの強い花は置かせなかったという。この点では、香りのあまり強くない椿の花を好んだ理由がよく分かる。また、上記の伝記によると、彼女は劇場に行くときには、必ずブラウスの胸に一輪の椿の花を差していくのを習慣としていたが、ひと月のうち二十八日間は白い椿の花を、あとの三日間は赤い椿の花を差していたという。そして、劇場で彼女の胸に赤い椿の花が飾られているときは、上流社会の遊び者の紳士諸氏は心安らかに帰宅できたという。月のある期間を赤い椿の花で知らせるとは、女性としてはあまりにもどぎつ過ぎるシグナルであるが、誇りをもって高級娼婦を稼ぎの源としていた女性であれば、こうした公告方法も仕方がないというものだ。このため、オペラの第1幕第3場の終わりの方に、ヴィオレッタが帰ろうとするアルフレードを引き止め、胸から一輪の花を取って渡し、「この花が萎れたらお戻りください」という場面があるが、デュマ・フィスの場合は、彼女の家で激しい恋の告白をされて困惑したマリーが、一輪の赤い椿の花をデュマの服のボタン穴に差してやり、「この花の色が赤から白に変わった日にやってくるように」と最初の逢引きの日取りを指示している。こうなると、椿の花は、やはり伝記の元の題である「悪の華」として使われていたということになるのだろうか。

ローマの自宅で
坂本鉄男

訳者紹介

坂本鉄男（さかもと・てつお）

1930年神奈川県生まれ。東京外国語大学イタリア科卒業。東京芸術大学講師、東京外国語大学助教授を歴任後、国立ナポリ大学"オリエンターレ"政治学部教授、2002年同大学を退官後もイタリア在住。日伊文化交流への功績のため、イタリア共和国コンメンダトーレ勲章、日本国勲三等瑞宝章受章。

著書は『和伊辞典』（白水社）、『和伊・伊和小辞典』（大学書林）、『イタリア語入門』（白水社）、『現代イタリア文法』（白水社）、『イタリア歴史の旅』（朝日新聞社）、オペラ対訳ライブラリー『プッチーニ トスカ』『ロッシーニ セビリャの理髪師』『ドニゼッティ ランメルモールのルチーア』（音楽之友社）など多数。

オペラ対訳ライブラリー
ヴェルディ 椿姫（つばきひめ）

2004年11月10日　第1刷発行
2025年 5月31日　第18刷発行

訳　者　坂本鉄男（さかもとてつお）
発行者　時枝　正

発行所　株式会社 音楽之友社
東京都新宿区神楽坂6-30
電話 03(3235)2111(代)
振替 00170-4-196250
郵便番号 162-8716
https://www.ongakunotomo.co.jp/

印刷　星野精版印刷
製本　誠幸堂

Printed in Japan
乱丁・落丁本はお取替えいたします。

装丁　柳川貴代

ISBN 978-4-276-35568-2 C1073

この著作物の全部または一部を権利者に無断で複製（コピー）することは、著作権の侵害にあたり、著作権法により罰せられます。

Japanese translation ©2004 by Tetsuo SAKAMOTO

オペラ対訳ライブラリー（既刊）

作曲家	作品・訳者	品番	定価
ワーグナー	《トリスタンとイゾルデ》 高辻知義＝訳	35551-4	定価(1900円+税)
ビゼー	《カルメン》 安藤元雄＝訳	35552-1	定価(1400円+税)
モーツァルト	《魔笛》 荒井秀直＝訳	35553-8	定価(1600円+税)
R.シュトラウス	《ばらの騎士》 田辺秀樹＝訳	35554-5	定価(2400円+税)
プッチーニ	《トゥーランドット》 小瀬村幸子＝訳	35555-2	定価(1600円+税)
ヴェルディ	《リゴレット》 小瀬村幸子＝訳	35556-9	定価(1500円+税)
ワーグナー	《ニュルンベルクのマイスタージンガー》 高辻知義＝訳	35557-6	定価(2500円+税)
ベートーヴェン	《フィデリオ》 荒井秀直＝訳	35559-0	定価(1800円+税)
ヴェルディ	《イル・トロヴァトーレ》 小瀬村幸子＝訳	35560-6	定価(2000円+税)
ワーグナー	《ニーベルングの指環》（上） 《ラインの黄金》・《ヴァルキューレ》 高辻知義＝訳	35561-3	定価(2900円+税)
ワーグナー	《ニーベルングの指環》（下） 《ジークフリート》・《神々の黄昏》 高辻知義＝訳	35563-7	定価(3200円+税)
プッチーニ	《蝶々夫人》 戸口幸策＝訳	35564-4	定価(1800円+税)
モーツァルト	《ドン・ジョヴァンニ》 小瀬村幸子＝訳	35565-1	定価(1800円+税)
ワーグナー	《タンホイザー》 高辻知義＝訳	35566-8	定価(1600円+税)
プッチーニ	《トスカ》 坂本鉄男＝訳	35567-5	定価(1800円+税)
ヴェルディ	《椿姫》 坂本鉄男＝訳	35568-2	定価(1400円+税)
ロッシーニ	《セビリャの理髪師》 坂本鉄男＝訳	35569-9	定価(1900円+税)
プッチーニ	《ラ・ボエーム》 小瀬村幸子＝訳	35570-5	定価(1900円+税)
ヴェルディ	《アイーダ》 小瀬村幸子＝訳	35571-2	定価(1800円+税)
ドニゼッティ	《ランメルモールのルチーア》 坂本鉄男＝訳	35572-9	定価(1500円+税)
ドニゼッティ	《愛の妙薬》 坂本鉄男＝訳	35573-6	定価(1600円+税)
マスカーニ レオンカヴァッロ	《カヴァレリア・ルスティカーナ》 《道化師》　小瀬村幸子＝訳	35574-3	定価(2200円+税)
ワーグナー	《ローエングリン》 高辻知義＝訳	35575-0	定価(1800円+税)
ヴェルディ	《オテッロ》 小瀬村幸子＝訳	35576-7	定価(2400円+税)
ワーグナー	《パルジファル》 高辻知義＝訳	35577-4	定価(1800円+税)
ヴェルディ	《ファルスタッフ》 小瀬村幸子＝訳	35578-1	定価(2600円+税)
ヨハン・シュトラウスⅡ	《こうもり》 田辺秀樹＝訳	35579-8	定価(2000円+税)
ワーグナー	《さまよえるオランダ人》 高辻知義＝訳	35580-4	定価(2200円+税)
モーツァルト	《フィガロの結婚》改訂新版 小瀬村幸子＝訳	35581-1	定価(2300円+税)
モーツァルト	《コシ・ファン・トゥッテ》改訂新版 小瀬村幸子＝訳	35582-8	定価(2000円+税)

※各品番はISBNの978-4-276-を略して表示しています